Gaea

Gaea

鬼怨火

星子——著

Tales
of Mystery 6
詭語怪談系列

鬼怨火

目錄

上身

不管是東方還是西方，厲鬼上身的傳說都非常多，多年之前的一個暑假，筆者參加教會舉辦的旅遊，在半夜教會頂樓漫天星光下，大夥兒輪流講著一些聽來的靈異故事。

其中一個說到在某個鄉下，一戶人家遭遇了厲鬼上身的麻煩。最後出動了教會的神職人員，耗費了幾天幾夜，才將惡靈驅出。

當時聽來感到十分震撼，不過現在想來，情節和電影《大法師》當中的橋段倒挺相似。

以現在科學的角度來看，鬼上身的情形被解釋成爲一種精神上的疾病表現，大多數的情形都能夠經過治療而獲得控制。

當然，在故事之中，便不用那樣計較了。至少沒有一種精神疾病，會使人的口鼻發黑、眼泛青光、身子飄浮的了。

01 好久不見的老友

「三木……木木他……小林他眞的……鬼上身了……」

微弱聲音，自美華顫抖連連的唇中透出。

「啥？」我有點糊塗，美華哭喪著臉，含糊不清地講出這句話，讓我一點也摸不著頭緒。

今天是週五，就在不久之前的午休時分，坐在座位上伸著懶腰的我，一邊盤算著明後天週末假日的遊玩計畫，一邊打開熱騰騰的便當，便接到了美華的電話。

大學畢業後，好久沒見她了，原來她和小林一起來到新北定居。

數年不見，美華依舊美麗，但此時的她卻像朵褪了色的玫瑰，神情不但憔悴，眼圈也十分紅腫，像是夜夜以淚洗面。

她手裡端著熱咖啡，手不由自主地顫抖，像是想將剛剛的話重複一遍，卻又猶豫著什麼。

「冷氣太強了嗎？要不要叫店員調小些？」我關心問著，心想，難道是小林有了外遇？要眞如此，我可要衝上他家，狠狠給他兩拳了。

美華和小林都是我大學時代同學，小林和我也是死黨。

我們一齊愛上了美華。

小林姓林，我的名字中有個「森」，因此美華總是叫小林「雙木」，叫我「三木」。但「雙木」和「三木」唸起來很像，我和小林，也總是有意無意在美華喚對方時，大聲地應答。為了辨別，「雙木」變成了「木木」。

然而小林能言善道，聰明又會玩，不像我真像根木頭般，木訥且死沉沉的。漸漸地，美華喚「木木」的次數，遠遠超過了「三木」。

幾年下來，美華和「木木」打得火熱，畢業後不到一年便結了婚，我並沒有因此生小林的氣，而是在他們婚宴上帶頭舉杯慶賀，誠心誠意地祝福他們。

小林是我的好友，美華曾是我深愛過的女孩。

也因此要是小林當真有了外遇，使美華變得如此憔悴可憐，我會非常非常生氣，非得將他揪起來好好揍一頓才行。

□

「不……不是外遇，是真的鬼上身……」我將我的疑問提出，美華這麼回答我。美華說完，還堅決地補充一句：「真的……」

「為什麼找我？」我苦笑，聳聳肩，就算小林真的鬼上身，找我又能如何？

何況我根本不信什麼鬼神、風水這檔子事。

美華啜了口咖啡：「我……我們在北部都沒有什麼親友，小林的電話簿裡有你的電話，我翻到了，只好找你……」

「嗯。」我覺得給刺了一下，原來美華早忘了我的電話，還得從小林的電話本中翻。

靜了半晌，美華卻一直沒開口，我以為她會說些什麼。

「為什麼這麼確定？」我嘆了口氣，問：「總有些徵兆吧，到底發生了什麼事？或許我能幫得上忙。」

美華又啜了口咖啡，眼睛左右看著，像是怕被人聽見，許久，才緩緩說起兩週來的種種。

這時，我只將美華的這一番話，當作是尋常八卦軼事來聽，一點也沒有當作一回事。

很久之後我才發覺，我大大錯了。

02 他變了

天空陰沉晦暗、密雲不雨。

前方大型貨車緩下了速度在路肩停下，幾個粗壯漢子下了車，替後頭的家具蓋上帆布。貨車重新上路，繼續往新北駛去。

小林駕著車，跟在那貨車後頭，足足開了一個多小時。

美華悠閒地翻著早已準備好的新店區地圖，將地圖上新家附近的大賣場、郵局、銀行，用紅筆一一圈起。

「木木，家裡還缺什麼？」美華柔聲喚著小林。

小林聳聳肩，一副什麼都無所謂的樣子：「急什麼？住一個月下來，缺什麼，妳不想知道也不行。」

「你就是這樣！」美華將紅筆蓋上：「事情一開始考慮好，到時候就不用煩惱了！你每次都要拖到最後關頭，才在那邊乾著急！」

「妳就是這樣。」小林吹著口哨：「事情還沒發生，就在煩惱這個擔心那個，杞人憂天，平白浪費生命。」

車子平順前進，小林和美華有一搭沒一搭聊著，下了交流道，來到新北市新店。

兩台車一前一後，在市郊繞了半晌，最後貨車在一間獨棟二層透天厝前停下，這棟二層透天厝和附近房子長得差不多，低低矮矮，屋齡頗老，四面牆斑斑駁駁，其中一面還讓苔蘚爬滿大半。還有座小庭院，一些花花草草長得雜雜亂亂。

「郊區空氣不錯，但生活機能就不是很好了，要走好遠才有賣場。」美華揉了揉脖子，長途車程使她有些疲憊。

「很好了啦，這種價錢很難買到同樣大的房子了，我們的存款也只能買下這樣的房子。」小林熄了火，和美華下了車。

他並不特別喜歡這裡，生活機能的確就是一個問題，且屋齡十分老舊。但精打細算的美華，看中這兒清靜。更重要的是價錢十分誘人，他們倆各自的存款，加上能夠負擔得起的貸款金額，全部加起來，在新北大部分地方也僅只能買下普通小公寓的一戶，但這兒卻是個獨棟二樓加上庭院的大屋，說便宜，的確是便宜得令人咋舌了。

大而化之的小林，更因此懶得去貨比三家，多看幾處地方；選上這兒，就是這了。

「要是多看幾個地方，不曉得能不能買到更好的？」美華喃喃唸著，用手指點了點小林的腦袋：「你是程式設計師，腦袋應該要更精明一點不是嗎？」

「我的腦細胞平常要多休息，工作時才全力發揮，所以我可以用最快的速度搶升主管。」

小林得意說著，三句話不忘提及上個月升上主管，被調往新北一事。

「而且妳自己說這裡雖然老舊，但是空間大，將來有錢整修一下也很有看頭不是嗎？」小林補充著。

兩人一邊瑣碎談論著房事，搬家師傅們也賣力地將一件件家具搬進屋裡，一一就定位。

美華將新買來的桌巾，蓋在那張有些年紀的木桌上，然後用報紙將一扇扇布滿灰塵的窗拭得發亮。小林則費了一番工夫，這才將組合衣櫥拼湊完全，兩人就這樣忙了一下午，總算將一樓打掃乾淨，舒舒服服地坐在客廳，吃著從兩條街外的小吃店買回來的晚餐。

「總算有個自己的家了。」小林伸了個懶腰，慶幸自己再也不必看房東臉色。

「總覺得不習慣。」美華嘟著嘴埋怨：「這屋子好老，二樓都是灰塵，要想全部打掃乾淨，我會先累死。」

「都是妳的意見。」小林翻著報紙：「是妳想要大屋子，說可以善加利用每一個房間，妳不是一直想要一間插花房嗎？現在如願以償啦！我也想要一間自己的視聽房來玩遊樂器，別碎唸了啦，兩層樓好多房間，還有個院子，很划算了啦。」

「不是你打掃你當然無所謂！」美華收拾著碗筷。

「好好！」小林剔完了牙，跟著走進廚房，輕摟上美華的腰：「我明天就陪妳收拾一整天，把我們的小窩布置得漂漂亮亮，甜甜蜜蜜，好不好？」

美華呵呵笑著，推開了小林不安分過了頭的手。

這夜，兩人在一樓主臥室就寢。

他倆花了一整天的心力整理主臥室，掃去掛在天花板四角的蜘蛛絲，鋪上一片片組合地毯，取下長管舊燈，換上漂亮的新燈，同時也裝上了新的窗簾。

由於白日的疲累，兩人很快沉沉睡了。

下半夜不知怎的，美華醒了，輾轉數次，就是睡不著。

不適應新住處？但床鋪枕頭都是舊的。美華又翻了個身，索性坐起來，幽幽看著房間，看著枕邊的小林。

窗簾遮住了窗外可能透進來的光，美華卻依稀能夠見著房裡擺設物事。她總覺得有些不對勁，卻又說不上來哪兒不對勁。房裡的擺設是照著美華和小林在桃園租屋處臥室擺的，不論是床鋪、衣櫥的位置，還是頂上燈座，都一模一樣，卻似乎有些地方不同。

是哪裡不一樣？

是什麼聲音不一樣？

美華此時醒著，但輾轉數次，頭也昏沉沉的。她輕輕摸了摸小林頭髮，這才發覺是小林的鼾聲不一樣。

本來在桃園時，小林的鼾聲可大了，吸吸呼呼、嘰哩咕嚕。美華時常抱怨，要是再這樣下去，自己很可能會有一邊耳朵聽力受損。

此時的小林卻靜靜的，只有鼻子微微發出了呼吸聲。

「還眞難得……」美華笑了笑，又躺了下來，摸了摸小林頭髮。

四周更靜了，只剩下屋外的蟲鳴蛙叫，門縫的光青青森森。

小林突然坐了起來，和美華四目相對。

美華心中打了個突，小林的眼神帶著一股異樣的陌生。小林下了床，走進主臥室附設的浴室照著鏡子，洗起臉。美華覺得奇怪，小林從來也沒有這種習慣。

自來水潺潺流著，水聲嘩啦啦，小林一遍又一遍洗著自己的臉，一遍又一遍。美華在床上等得不耐，下床走了兩步，倚在浴室門邊，靜靜看著。

小林機械性地照著鏡子，然後潑水洗臉，抹了數下，然後照鏡，再洗臉，這樣的動作不停地反覆。

美華有些驚訝、有些氣惱地問：「你幹嘛啊？你在玩水還是在夢遊？」

小林緩緩地轉過頭，怔怔看著美華。

美華咦了一聲，揉了揉眼睛，在小林轉頭的瞬間，她似乎見到小林前頭鏡子反射出的人影十分陌生，不像再熟悉不過的老公。

再抬起頭看去，小林已離開鏡子前，水也沒關，大步走來還撞了她肩頭一下，往床走去。

「喂！你吃錯藥了？」美華抱怨著，將水龍頭關了，回到床邊，小林已經死死睡著，那吸哩呼嚕的打鼾聲轟隆隆地響了起來。

「死鬼，竟然給我夢遊！」美華嘖嘖兩聲，也躺上床，蓋上被子。小林的鼾聲雖吵人，但此時聽來卻有種安全感，驅散了美華心中那淡淡的不安，使她漸漸入睡。

□

刺眼的光芒照得眼睛難受，美華恍惚醒來，看看鐘還不到七點，床邊的窗簾已給拉開，照進屋子裡的陽光好暖。今天是週日，小林不用上班，但卻已不在床上。

美華覺得奇怪，平日大都是自己先起床準備早餐，小林則是非到最後關頭，才會讓也要去上班的美華死拖活拉地揪起，絕不是那種會在老人早起上公園打太極的時段起床的人。

等了半晌，也不見小林回來，應該不是去上廁所，是真的起床了。美華下了床，伸了個懶腰，推門出去。

「木木……木木……」美華輕聲喚著，在一樓找了一圈，還推開門上院子晃了兩步，又回到客廳，這才聽見樓上傳來了窸窸窣窣的聲音。

美華踩踏著那尚未打掃、滿是灰塵石屑的木紋樓梯上了二樓，只見到小林神神祕祕蹲在最外側那房門前檢視著門把，不停地做些什麼。

「這麼早，你在幹嘛啊？」美華打了個哈欠，扠腰問著。

「門鎖壞了。」小林站起身來，指指這扇房門：「這房間打不開！」

美華退了兩步，看了看這門。二樓有四間房，和地產仲介人員來看房子時，二樓久未打掃，暗暗髒髒的。這房間靠最外側，房門顏色和牆壁相近，是泛著暗黃的灰白色，不仔細看，甚至不會注意到這兒還有扇門。

當時那仲介人員不停地接打電話，三通有兩通就提及這房子，美華和小林可真以爲撿了個大便宜，生怕讓其他人搶去，便也沒仔細逐間檢查，匆促簽了約。事後想起，兩人都知道那是所有業務員慣用的推銷手法之一了。

「打電話去地產公司，找沈先生拿鑰匙就行啦。」美華也不以爲意，並不特別在意這間鎖上了的房。

「唉，我看也不必啦。」小林聳了聳肩，輕踹房門幾腳：「這門好舊，等房子都整理好了，找人來直接換鎖吧，看要不要把門也換了。」

美華：「隨你的便，只要把我的插花房先整理出來就行囉。」

兩人並沒有因爲房屋的老舊感到不悅，反而對儲蓄不多的自己和另一半，能夠在北部擁有一棟「房間多到可以暫時不管其中一間房間」的大房子，感到相當滿意，儘管尚未打掃的二樓地板上積滿了厚重的灰塵，牆壁房門都斑駁難看。

小林下樓時，輕摟著美華，在她耳邊說些令她蹙眉臉紅要動手打人的話，美華打歸打，心裡甜絲絲地看著樓梯下那大窗透進來的陽光，心想這就是所謂的幸福吧。

□

午後，大賣場裡人潮擁擠，美華和小林手握著手，一齊推著裝了滿滿日用品的手推車，在堆滿貨品的小道中，挑選著兩人平日所需的生活用品。小林悠閒吹著口哨，那是首流行歌曲。

美華若有所失地望著地板，剛起床時的甜美氣氛早已散去了大半。數十分鐘前，她才和小林吵了一架。早飯時，小林挑剔美華做的早餐難吃，美華只當小林故意和她說笑玩鬧。上自助餐吃頓午飯，小林又因爲美華點了他不喜歡吃的一道菜，賭氣一口也不吃，垮著一張臉僵到美華尷尬扒完了飯。那明明是小林最愛吃的雞腿肉，美華這樣問時，小林只說：「每次吃都吃膩了，妳還點同樣的菜，用點腦筋行不行？」

美華想著想著，這才察覺，小林不知什麼時候，停下了口哨聲音，美華轉頭看看小林，小林的眼神變得有些呆滯，不知在想些什麼。

由於才剛吵過架，美華也並不怎麼搭理他，自顧自地在堆放著各式洗髮乳、沐浴乳的貨品架子前停下，四顧看著，找著幾款她平時慣用的牌子。

「啊！放得好高，幫我拿一下。」美華見著了平日慣用的沐浴乳被放在比較高的架子上，她得踮了踮腳才能勉強搆到，生怕力氣大了，將整排瓶罐全給扒倒。這才苦笑著撒起了嬌，柔聲喚著要小林幫忙。

美華喚了兩聲，見小林沒有回應，只是怔怔地瞧著一旁，她順著小林的目光看去，一個三十餘歲的女人，正蹲著挑選商品，身旁還有台娃娃車，裡頭躺著個數月大的小娃娃。

那女人穿著暴露，胸脯十分大，美華依稀聽到小林嚥了口口水。

「喂！」美華心中老大不快，重重咳了幾聲，拉扯著小林的袖子，小林仍無回應。

那女人似乎也注意到了小林的直視，拉了拉衣服，轉向另一邊。

小林神色漠然，緩緩彎低身子。

美華瞪大眼睛，不可置信地看著小林伸手在那娃娃的手臂上重重擰了一下。

小娃娃因為疼痛發出劇烈哭聲，小林在那女人慌忙轉頭察看時，早已迅速轉身，若無其事地伸手，替美華取下那瓶位置較高的沐浴乳。

女人急忙安撫著小娃娃，怎麼也想不到小娃娃手臂袖子下頭，已經多了塊深深的瘀青。

「怎麼了，妳不是要我替妳拿這個牌子？」小林看著美華，像是什麼事也沒有發生一般。

美華強忍著驚愕怒氣，等那女人推著娃娃車走遠，這才發怒教訓起小林：「你可以解釋一下，剛剛是怎麼回事嗎？」

小林沒有回答，只是呆呆望著手中的沐浴乳，又放了回去。伸手在一旁架子上，抓了一堆廉價肥皂，放回推車中。

「你做什麼？」美華不明所以，愕然問著：「我不要那種肥皂，我的皮膚敏感，會起疹子，你不是知道嗎？」

小林沒有理她，一把拉過了推車，往前直直推去。美華緊跟在後，不停地問：「怎麼了？怎麼了？你惱羞成怒了嗎？眞想不到你是這種人！」

小林一一挑揀著推車中的東西，隨手亂放回貨架上，同時不停放入他自己覺得滿意的東西。美華愛吃的包裝零食、早餐要喝的鮮奶，給換成了香菸、藥酒。美華看得一頭霧水，小林從來沒有抽菸、飲用藥酒的習慣。

小林快步推著推車，美華在後頭緊緊追著，只見到眼前小林寬闊的後背，出現了難以言喻的陌生感。

「咦，哎呀，忘了替老婆妳買頭痛藥！」小林在將推車推入結帳走道時，陡然回過身，對美華笑了笑，又變回了她熟悉的老公。

小林搔著腦袋，轉到藥品貨架區，挑選了美華經常服用的頭痛藥，還嚷著自己也覺得昏沉沉的，有些不太舒服。

美華怯怯地望著小林，將方才的情形問了一遍，小林默默聽著，似乎自己也記不太清楚。

「好像有這麼一回事，我也不是很清楚……可能還沒睡醒吧，昏沉沉的，嚇著妳了嗎……」小林隨口回答，神情有些茫然。兩人又挑了些魚肉青菜，將方才小林亂扔回貨架上的東西補齊，這才推著推車走向結帳櫃台。

□

「魚都焦了！」小林用筷子在桌上敲著。

美華垮著一張臉端上一盤炒空心菜，沒有理會小林的話。

「我說魚都焦了！」小林提高了音量：「妳有沒有聽我說話！」

美華端著湯上桌，拿起筷子挾了塊魚肉入口：「沒有啊，哪裡有焦？」

小林哼了一聲，將整條魚挾起，用手指在魚身上戳著：「這裡、這裡……這裡！」

「看到沒，都焦啦！」小林將筷子連魚擲回盤裡，濺了滿桌子油汁。

「你今天到底是怎麼回事？爲什麼脾氣這麼大？」美華怒不可抑：「嫌難吃不要吃啊！」

「妳這女人還敢頂嘴？連煎條魚都不會，妳是豬嗎！」小林暴躁吼著，舀了口湯喝下，滿臉嫌惡地呸了出來，用手摸了摸碗裡的飯，一巴掌將碗打翻下地，砸了個碎，氣沖沖地起身，還撞倒了椅子。

「湯是冷的、飯是硬的，我眞是倒了八輩子楣才娶到妳吶！」小林憤然抓著外套，轟隆一聲甩上大門，留下一臉錯愕的美華。

美華的眼淚奪眶而出，驚惱取代了憤怒，一點食慾也沒有了，將整桌飯菜全扔進垃圾袋裡，捧著鍋盤碗筷全摔進流理台。

她回到臥房，撲在床上大哭，怎麼想也想不明白，今天到底怎麼了。

從早餐開始，那股不對勁的感覺便一直揮之不去，小林就像是個精神分裂的病人，整個人反反覆覆。

他們從大賣場返家後，有些口角，到了下午，仍持續冷戰著，有時好些，打掃時會交談兩句；夕陽落下，要準備晚餐了，小林情緒起伏不定，有時惱火發怒，有時又體貼地主動替老婆倒水喝。

美華準備著從賣場買回來的食材，洗洗切切，毫無頭緒地想著，或許是小林搬到新家不適應，加上新上任主管難免壓力太大。男人不能像女人那樣，縮著身子流眼淚說自己好害怕，咬緊牙關也要裝作無所謂，難怪男人老了頭髮總是稀稀落落。

當時美華將清洗好的魚放入鍋中，這樣子安慰自己，心中寬慰了些。

然而，小林不知什麼時候，走近她身後，皺著眉頭挑剔起魚身上的鱗片沒刮乾淨，美華臉登時僵了。煎條魚，小林在背後囉哩囉唆，一會兒說這邊焦了、一會兒說鹽不夠，補了兩匙又說要鹹死他，美華強忍著怒氣將一盤盤菜端上桌，小林竟比她更先爆發脾氣，吐湯砸碗，副要家暴的模樣，卻也不知道到底在氣什麼，有什麼好氣成這樣。

美華回想著，還是想不透自己做錯了什麼，她伏在床上流淚，哭著哭著，哭得累了，迷迷糊糊地睡了。

□

美華隱約能夠察覺自己身在夢中，那是個令她感到極度不愉快的惡夢。

四周陰陰暗暗，抬頭只見到細微閃爍的青光。

有個陌生的聲音不停地咒罵著她，一個個污穢難聽的字眼鑽入她耳裡、扎刺她的心。夢中的丈夫面貌模糊，但十分凶惡。四周瀰漫著一股腐臭敗壞的味道，不只是嗅覺上，而像是自她體內透出，包括這間屋子、周遭的人事物，一切都瀰漫著敗壞的氣息。

一個斗大的拳頭擂來，她覺得眼冒金星，兩隻手不停抵抗，眼前的男人雙眼布滿血絲，粗魯、酒醉、憤怒、怨恨，全身散發出凶殘的味道。

她拚命搏鬥抵抗著，四周都成了紅色，那男人也成了紅色。

男人只退後半晌，手中握著柄菜刀，一手重重拍在樓梯扶手上，一步一步往樓梯上走來。

她這才發現自己站在二樓樓梯口，面對著一步步跨上階梯的男人，她心中害怕至極，卻抬起了腳，往下走去……

走著走著，什麼都沒有，她站在空蕩蕩的客廳，什麼都沒有。

只有一扇扇黑漆漆的窗子，和淒厲莫名的尖笑聲。

「噫！」美華陡然睜眼，夢總算醒了，她轉頭瞧瞧，小林靜靜睡在旁邊。

美華鬆了口氣，仍賭氣地不轉身，心中還記著晚上小林那頓脾氣。跟著，美華覺得奇怪，他上哪兒去了？去外頭吃了晚飯？上哪兒吃晚飯？吃了什麼？還是沒吃？現在幾點了？

美華一肚子疑問，加上剛剛惡夢，睡意全消，只感到小林翻了身，頸後傳來他暖呼呼的呼吸氣息，伴著淡淡的酒味。

「死傢伙，竟然跑去喝酒了！」美華暗暗想著。小林似乎睡得十分不舒服，身子又翻了翻，一手搭上她的肩，另一手觸著她的臀。

「哼……」美華抖了抖肩膀，想甩掉小林的手。

小林的手讓她肩頭一晃，落到她頸上。美華覺得癢酥酥的，想笑，又一股氣憋著，心想明明是小林莫名其妙亂發脾氣，自己可不要先開口，他要道歉就開口講，自己這次絕不先低頭。

美華想著，但只感到小林的呼吸氣息沉穩，緩緩地吹拂著她的後頸，倒像當眞沉沉睡著；

她感到小林擱在她頸上的手暖呼呼的，腰際又一暖，像是小林的另一手。

「唉……」美華嘆了口氣，伸手輕輕往後頸摸去，摸了摸小林的手，另一手再輕輕搭上小林搭著她腰的手。

「木木……」美華用極輕的聲音喚著，小林沒有答話，死沉沉睡著。

美華知道小林一喝酒就要嘔吐，他若是喝酒，必然是碰上極大苦惱，難以解決。她第一次見小林喝醉，是大學時某次相約夜遊，小林吐了個稀哩嘩啦，整條褲子全沾滿嘔吐物，原因是美華回送給三木的聖誕卡，比送給自己的貴了五元。

那晚是他倆關係發展迅速的一晚，也是美華的初夜。

初夜的結果並不值得回憶，因爲過程中小林又吐了一次。

「嘻……」美華想起往事，心中氣惱減少了些。她知道小林一向愛說笑、愛裝堅強，或許他在工作上眞的碰到難以解決的困擾，讓他無法控制情緒，隨口罵罵人罷了。

小林擺在她頸上的手又大又暖，擺在她腰間的手握來仍緊實有力，像是一面大盾牌，堅實保護著她，這大概就是傳說中的「安全感」。

「每次都是這樣……」美華心腸軟，十次吵架有九次是她先低頭，學程式設計的小林腦筋比她好上許多，就算鬥嘴也是占盡了上風。

美華感到身後一陣搔癢，小林抵著她臀部的手有些不安分。

「哼……」美華惱怒裡有些發甜，扭了扭腰，要躲開臀後的手，心中還記著小林欠自己一個道歉，可不能讓他用毛手毛腳混過去。

美華咬著下唇，不想先笑出聲，瞇著眼睛看著門縫那青森森的光，猛地一股不對勁的感覺竄上心頭。

頸上小林的手暖呼呼的；腰間小林的手充滿安全感；臀部小林的手有些搔癢。

多了一隻手。

美華猛一轉身，小林安靜背對她側睡，哪裡有什麼「頸上的手」、「腰間的手」、「臀部的手」來著。

美華瞪大眼睛，說不出話，舉起手想拍拍小林的肩，卻遲疑地停在空中，四周寂靜得令她心中發毛，她看過千百次的小林的後背，此時又和午後賣場那時般，有種強烈的陌生感覺。

「快七點了！」美華目光瞥到床頭時鐘，此時已是早晨，四周卻仍黑得異常，她匆忙下了床，打開門，外頭也是黑漆漆的一片，一點也沒有清晨宜人的晨光。

她循著窗戶角落透進的微光走去，空氣中瀰漫著一股刺鼻怪味，她伸手開窗，光亮終於透了進來，她這才看清楚，漆黑的不是天色，而是玻璃窗。

一扇扇窗塗著厚重黑漆，遮蔽了晨光。

「怎麼回事？」美華尖叫著後退，轉頭張望，四周的窗戶全都塗上黑漆，漆還未乾，發散著濃烈油漆味道。

「木木！木木！」美華尖叫著，衝回臥房，小林坐在床沿，冷冰冰瞅著她。

美華拉著小林的手臂，驚懼嚷著：「你快來看，窗戶讓人潑了漆！你昨晚上哪裡去了？」

小林呆滯地說：「是我漆的……」

「咦……」美華聽了，登時傻愣，回過神來，走了幾步揭開臥室中的窗簾，窗戶也是漆黑一片，床邊還擺了桶黑漆。

「木木……木木，你到底怎麼了？」美華害怕地哭了出來，上前大力搖晃小林的手臂，小林卻只是一味地搖頭，說不出半句話。

□

接下來的日子，大約是和小林吵架那晚之後的兩週間，美華有如身處地獄。

小林有時正常地起床，正常地刷牙洗臉，正常地吃著早飯，正常地上班，卻在不應該回家的時間，突然闖回屋內，大吵大鬧，臉色猙獰地在樓上樓下來回闖著，嚷嚷著要找姦夫，懷疑和美華接觸過的任何一個男人。

美華只能掩臉哭泣，看著小林將她的電話本撕成了碎片，再敲著遠處鄰居家的大門，只因爲昨晚男主人倒垃圾時和美華點了個頭。

這是正常的時候。

小林有時也會不正常地起床，一個人默默蹲在二樓最後那間打不開的門前，低頭不語，似乎忘了自己的失序舉動，對著上來探視的美華傻笑；或是像發了瘋似地衝入美華的插花房，將美華閒暇時的插花作品砸得粉碎，說那是壞東西；有時則提著黑漆，往屋裡每一扇窗補上黑漆，生怕黑漆脫落了，讓附近的賤男人瞧見屋子裡頭的美華。

美華從憤怒轉爲驚恐，當她憂心忡忡、半拐半騙地要帶小林去看心理醫生時，小林又會顯得正常許多，乖乖去上班，效率似乎還不錯，但也總會在下班後的晚餐時間，故態復萌、挑三揀四、大發脾氣。

美華沒有一天不哭，沒有一天不怕。

恐懼不斷堆積著，終於堆積到了忍耐的臨界點。

這天清晨，沙沙沙的聲音自樓上傳來，傳入美華的耳朵，美華在恍惚中醒來，隱隱約約覺得不妙，身旁又是空的，她茫然地出房去找。

她輕輕地，一步步往二樓走，盡量讓老舊木梯不發出嘎嘎聲。

從牆邊轉角探頭看去，小林怔怔蹲在最後一間房門前，磨著手中的菜刀，一面喃喃唸著。不是自言自語，而是在對話。

「是……是……是……知道啦……我……會……」小林的聲音空洞且冰冷，應該說，那不是小林的聲音，更爲蒼老些，更爲粗獷些，是一個陌生的男人聲音：「殺……殺……」

美華摀住嘴巴，驚恐得流出眼淚，她似乎聽見那上了鎖的房間裡頭，有道聲音和小林對話著，細細碎碎，聽不清楚。

她忘了自己是怎麼下樓的，也忘了自己究竟有沒有將木質樓梯踩踏出聲，在這巨大的驚恐之下，她甚至忘了逃出家門，而是躲進廁所，緊緊抓著門把不放。

「開門！開門！妳在裡面做什麼？」小林的聲音尖銳刺耳，像一把鏽了的鋸子賣力拉扯。

美華猛力搖頭，死命抓著門把。另一頭小林轟隆隆地擂門，一記一記，響得嚇人，他尖喊著，還不停開關電燈，燈一閃一滅。美華尖叫救命，嚇得全身發抖，在緊閉眼睛那一刻還似乎見到了忽明忽滅的燈光中，有個陌生的身影離她極近。

時間不知道過了多久，擂門聲漸漸停止，小林沒了動靜，美華緊靠在門邊害怕地發抖，恐懼讓她幾乎飛了魂魄。

廁所有扇窗，窗子早已給塗成了黑色，陽光從那塗不均勻的玻璃上透入，美華這才發現天已經亮了。

客廳裡，小林的口哨聲響了起來，還說著話，似乎是埋怨著美華怎麼沒做早餐。

美華嘴巴發顫，兩眼紅腫，發著抖輕輕開了門。

小林就站在門外。

美華登時癱軟，倒在地上說不出話，再也無力逃跑了。

小林神情驚訝，將美華扶出廁所，驚訝問著美華的身體狀況，將她扶上了床，沾濕毛巾輕輕拭著美華的額頭，用手按了按，似乎有點發燒。

小林為難看著手錶：「七點半了，今天要早點去公司，忙不過來，妳好好休息，好一點記得去看醫生，或是等我下班帶妳去。」

美華喃喃應答著，此時小林的溫柔，和兩小時前的凶暴，對比得十分諷刺。

小林出門上班，美華立時掙扎起身，一邊埋怨自己為何渾渾噩噩地拖了這麼多天，一點辦法也想不出來，同時四處翻找，總算在床頭抽屜找出了小林的電話簿。

她必須做些什麼，她知道自己絕對無法獨自處理這些事情，不管是醫生還是警察，還是家人，她需要人幫忙。

翻著翻著，翻到了熟悉的名字，那幾乎遺忘了的數年前的回憶，又清楚地浮上眼前，那熟悉的名字——阿森，吳文森。

我的名字。

03 紅色怪夢

「嗯……所以，妳找上我。」我苦笑，捏著金屬湯匙不停攪動杯中咖啡，咖啡早涼了，我只喝了一口。

「我真的……我真不知道該怎麼辦……」美華只說了兩句，嗚咽低聲啜泣起來。

我尷尬地安慰著她，心中仍無法相信美華口中的「鬼上身」，我反而認爲應該是小林壓力過大，積勞成疾，大概是什麼躁鬱症之類的病吧，雖然對這類症狀不甚清楚，但公司裡也曾有好幾個類似症狀的同事，有個病情較嚴重的李小姐，時常一邊上班一邊狂撥電話追查男友行蹤，還會對著電話大罵。

「這樣好了……」我輕咳兩聲、整整領帶，瀟灑地拿起帳單向服務生招手，一邊結帳，一邊對美華說著：「今天我請半天假陪妳回去，我和小林談談，看是要拖他去看醫生，還是要拖他去警察局。」

美華茫然地點頭，卻猶豫說著：「但……但……要是他鬼上身……我們……我們……」

「哈哈！」我大笑兩聲，隨口答著：「我大姨家裡開神壇的，了不起請她老人家出馬，人擋殺人，鬼擋殺鬼！」

美華像是溺水人抓著浮木一般，登時恢復了幾分生氣，拉著我往咖啡店外頭走，嘴巴喃喃唸著：「趕緊去找你人阿姨吧。」

我苦笑，伸手招了計程車：「不不，先去妳家，我大姨的神壇在桃園，她很忙的，找她算命批字還要預約呢。放心吧，我身上還帶著她給我的護身符吶。」

我掏出錢包，在錢包夾層中取出一個小符包遞給美華。

看美華緊緊抓在手裡的模樣，我突然有些愧疚。我的確有個大姨開神壇替人算命，只是我從來也不相信她眞的會這些東西，或者說，我從來也不信這些東西。小符包也不是我大姨給的，而是和同事某次去觀光景點的小攤販旁買的一個百元紀念品。但我覺得此時美華需要的是精神上的安慰，而不是無情地指出事實，那會使她更無助、更害怕。

美華坐上計程車，向司機報了地址，靜靜把玩著小符包，我則撥打電話向公司請假。

「這是什麼？」美華捏高小符包向我展示，小符包背面黏了個摺成長條狀的小紅包。我取下紅包瞧了瞧，想起這是三年前我外婆過世時的手尾錢，裡頭裝著十幾枚錢幣，每位親戚孩子都有一個。我一直將小紅包擺在錢包裡，早就忘了，和小符包擠在同一個夾層好久好久，都黏在一起了。

美華將小符包和小紅包都遞還給我，我從容地將它們放回錢包裡，心中有些慚愧，好久沒給外婆上香了。

「放心，不管發生什麼事都有我在，小林神經兮兮的，我還是和以前一樣。」我打著哈哈。進入職場後的我，開朗許多，口才也進步許多，不再是以前那個什麼都給小林比下去的「三木」了。

□

計程車拐進巷子裡，停在一間獨棟二層透天厝前，我搶著替美華付了車資，還替她開了門，表現得十分紳士。我也不明白自己爲什麼這麼做，或許是想表現自己比以前強，比小林更優秀，企圖用行動暗示美華——「當初沒有選我，現在有一絲絲後悔吧！」之類的意思。

美華一見到那大屋，不由自主發起了抖。此時天色陰陰暗暗，我跟在美華身後，仔細打量前頭那獨棟透天厝，也不禁打了個冷顫。

幾扇墨黑色的窗都緊緊閉著，窗沿下方淌著一道道半乾的黑漆痕跡，遠遠看去，像是窗戶流出黑血一般。

據美華說，這是「鬼上身」的小林幹的好事。

我深深吸了口氣，拍了拍美華的肩頭，想讓她別那麼害怕。

美華領著我往屋子走去，開門進屋。

進了客廳，我四處打量，其實還好，除了幾扇窗子給漆塗黑了，其他家具擺飾看起來都和一般家庭無異。

美華撥著電話，詢問小林的下班時間，這是我提議的，我怕小林突然回家見我在這兒，當我是姦夫，那可有理說不清了。

我脫下西裝外套，隨手披在沙發椅上。美華掛了電話，神情滿是憂愁鬱悶，倒了杯水給我，在我身旁坐下，自顧自講起一些生活瑣事。

我靜靜聽她說，看她愁容滿面，不禁有些心疼，卻又有些坐立不安。

美華從平時和小林生活上雞毛蒜皮的小爭執，一直講到他們結婚時喜酒宴席上的八卦軼事，足足講了二十分鐘，我變換了數種姿勢，更加地坐立不安了，當美華講到她和小林新婚夜裡的閨房私密，我不禁嗆咳了幾聲，我不是來聽美華講這些的。

「咳咳！」我抓著頭，站了起來，指著二樓樓梯說：「妳說的那間打不開的奇怪房間就在上面？我可以去看看嗎？」

美華身子發顫，點點頭，卻不起身，而是害怕地看著二樓樓梯口。

我這才知道，美華打從心底害怕，所以才會不停地說話，說些不怎麼有趣的八卦趣聞，藉此轉移注意，好使自己不那樣恐懼。

我看了看二樓樓梯口，並沒有任何特別，沒有任何值得這麼害怕的東西。

我聳聳肩大步走去，伸手按上那陳舊的木質扶手，我發現上頭有些痕跡——一小塊一小塊的深色痕跡，不怎麼明顯地排列在扶手一角，排列形狀有些眼熟，但我一時想不出是什麼。

我舉起腳往上跨，跨了兩步突然覺得腳下被絆著，向前一撲，跌了一跤。

「啊！阿森，你沒事吧？」美華擔心地要趕來探視，門鈴卻在這時響了起來。美華看我朝她揮了揮手表示沒事，這才轉去開門。

我站起身，疑惑是什麼東西絆了我。我看看腳下，什麼都沒有。木質階梯前端裝著長條狀的金屬止滑板，我見到一片止滑板有些剝離，在止滑板和階梯之間，卡了些灰白色的細長頭髮，和淡淡乾涸的痕跡。

在這瞬間我腦中有種說不上來的窒悶感，身後已經傳來了小林的爽朗笑聲。

「阿森！好久不見！」小林脫著鞋子，一身休閒襯衫打扮，放下公事包，張開雙臂向我走來，一點也不像美華所說的「脾氣暴躁」、「鬼上身」的樣子。

我也哈哈笑著，轉身下樓，在極短的時間內，我的手是按在木質扶手上的，突然之間我明白了幾秒鐘之前還想不透的東西，那扶手上的暗色痕跡，是人的手指痕跡。

四隻指頭按在扶手上的痕跡。

然而我卻壓根沒有繼續想這問題，尤其我早知道小林那傢伙拿著黑漆將窗戶塗黑一事，手上的髒污會沾上扶手並不是一件多麼稀奇的事。

「眞的，好久不見！」我和小林擁抱，互相拍了拍對方的背。

「有好幾年了！」小林上下打量我，捏著我的領帶晃了晃，說：「現在人模人樣，比以前帥多啦！」說著還轉頭問美華：「對不對？」

美華此時也露出了笑容，像是尋常夫妻招待老友一般，趕去餐桌收拾一番，拉開了椅子，大聲問著小林：「木木，我要你買的東西你有買嗎？」

「阿森，來吃東西，好好聊聊，你別那麼拘謹！」小林揚了揚手上兩大袋包裝，是生魚片和啤酒。

「眞是不好意思！」我打了個哈哈，大步跟去，剎那間還有種錯覺，倒像是大學時代那些好玩同學們使計騙人，編出一些奇怪理由誘騙當事人去某處，卻是替他慶祝生日，或是澆他一桶冷水之類的小把戲。

我捲起袖子坐下，眼前生魚片拼盤鮮嫩誘人，美華白天模樣楚楚可憐，就是要將我拐來和他夫妻倆享用大餐，暢談過往回憶？

三人三張口，一下子就將那生魚片拼盤掃去一大半，冰啤酒一下子也讓我和小林喝去了半打，三人聊得興致高昂，將過往趣事一件件全給掀了出來。

我幾乎忘了隨美華來這兒的目的，扭了扭脖子，伸了個懶腰，無意間又瞥見客廳那兩扇漆黑窗戶，我突然一愣，若美華和小林果眞只是要將我引來他們新家聚聚，那這工夫也未免做得過了頭了。

「哈哈，你們家窗戶怎麼塗成那樣？怕人偷看？」我喝了兩口啤酒，笑著說，心中也瞬間替小林想出了個答案：或許屋子窗戶在他們遷來之前便已是這樣，只是還沒時間處理，便順水推舟編了個奇怪故事，將我騙來吃飯，說不定還要我出力幫他們拆卸窗子呢。

我正得意自己的推論，小林已經沉下了臉，默默看著那窗子，不發一語。

「當然是防姦夫偷看……」小林一個字一個字地說。

我猛一嗆咳，還不敢相信自己的耳朵，一邊找著紙巾擦嘴，又問了一次：「什麼？」

「當然是防姦夫偷看！」小林猛地暴吼，轟隆一巴掌重重拍在餐桌上，將那空啤酒瓶都震得彈了好幾下。

原先熱絡的氣氛瞬間消失無蹤，取而代之的是極度的尷尬冰冷。

「『姦夫』這兩個字，對美華是一種很嚴重的指控！小林，你喝醉了。」我用三分不平，七分驚懼的語氣說著，同時偷瞄了美華一眼。美華的臉色蒼白如紙，手還微微抖著。在昔日老友面前聽自己的丈夫說出「姦夫」這樣的字眼，心中難堪可想而知。

小林不看我，像是變了一個人似的，低下了頭，嘴巴碎碎唸了起來。他慢慢抬起頭，視線漸漸和我對上。

眼神中隱隱透著怨懟。

「咳，我覺得……」我發現小林這種眼神，彷彿將我當成「姦夫」一樣，連忙撇開頭，吸了口氣，保持鎮靜，心中撩亂地將所有事情組織一遍，緩緩說出自己的意見：「坦白說，美華和我提到你們之間有些小爭執，我擔心你這老朋友，才來看看你。」

「有什麼事情？」小林哈哈兩聲，又挺起胸膛，轉頭看看美華，問：「我們有什麼事情？妳和阿森說了什麼？」

美華尷尬地苦笑，連連搖頭：「不……沒有……」

「阿森，美華和你說了什麼？她說我們夫妻間有什麼事？」小林轉頭遞了一罐啤酒給我。然後陡然回頭重重一拳搥在桌上，朝著美華怒吼：「妳是啞巴——不會回答啊？」

我幾乎讓小林的舉動嚇得從座位上彈起，沒能接穩他遞來的那罐啤酒，使啤酒落到桌上，發出了碰的一聲。此時小林雖然瞪著美華，但那句質問像是同時對我和美華講出口般。

「你究竟怎麼了？控制一下你自己！」我站起身、攤攤手。

小林看了看我，自顧自拾起那落在桌上的啤酒，揭開，咕嚕一口灌去大半罐。

「咦？你不是不太會喝酒，怎麼今天這麼能喝？」我擠出笑容，試圖緩和一下氣氛。

小林也不理我，自個抹了抹嘴，站起身來，突然揪住美華的頭髮，使勁搖著。

美華發出嗚咽哭聲。我又驚又怒，繞過桌子一把抓住小林的手，賞了他一巴掌。

我這巴掌打得有些沉重，小林晃了兩下坐倒在地，我揉揉自己右手，也有些發疼。

小林摀臉坐在地上，瞪大眼睛看我，神情中是滿滿的茫然和驚訝，倒像是我打錯他一般。

「你知道你剛剛做了什麼嗎？你喝醉了，還對美華動粗！」我看著小林，這樣指責著。

美華扶起小林，將他扶到沙發上，替他揉揉臉，輕輕撫著他的頭髮，在他耳邊輕聲安慰了兩句，又趕緊起身替他倒水。

小林盯著我，一臉委屈和埋怨。

我幾乎要讓這傢伙搞昏了頭，小林態度的急劇轉變令人摸不著頭緒，這點倒和美華敘述的情形十分相似。

「這樣好了……」我攤了攤手，也在沙發坐下，抓著小林的拳頭在我臉上敲了兩下，以示歉意。我說：「小林，你工作壓力太大了。我舅舅在醫院上班，私底下有幫人整骨按摩，明天我帶你去找他，讓他幫你鬆鬆筋骨，老是坐辦公桌，脊椎彎了都不知道。」

如果小林這一連串舉止是因爲精神疾病，那麼此時已經出現暴力傾向，無法再拖延了，我只能編出這個藉口邀他去和我那親戚聊聊——我的確有個醫生舅舅，但他不會整骨推拿，他是精神科醫生。

小林接過美華遞來的水杯，怔怔地看著地上，像是一點也沒聽見我說話似的。

我看著美華，用眼神向她求助，我們必須一同說服小林。

「再看看好了……」美華淡淡地回應。

我張大了口，不知所以。是美華專程向我求助，找我過來他們家看看，但此時的她卻像是置身事外般，對小林百依百順。

美華的反應雖然令人氣餒，卻更令人心疼，這是典型受虐婦女的態度，儘管在他人面前多麼不甘，但在丈夫身邊，卻必須表現出「我跟我老公一國」的模樣，這是她們自保的方法。

不管怎樣，我確信美華和小林此時此刻，都極需要朋友的幫助，而我，就是他們的朋友，很好的朋友。

□

這晚，我被安排睡在客廳，美華遞來了被子和枕頭，對我說了些表示歉意的話，我苦笑著接受。聽美華說，小林情緒低沉，吃了顆安眠藥，正沉沉睡著。

客廳陰陰暗暗，漆黑的窗戶透不進一點光，只有一盞小燈昏黃亮著，倒眞有點陰森嚇人。

我直直躺在沙發上，用手枕著頭，美華坐在沙發邊緣，和我有一搭沒一搭地聊著。

我面向通往二樓的樓梯，有種令人感到不安的陰涼感，隱隱地自那黑沉的樓梯口流下。我不停地變換躺姿來掩飾心中的不安，美華仍低聲講述一些瑣事，多半是小林情緒失控的事。她說著說著，見我不停變換躺姿，便低下身來，伸手替我整了整枕頭。

我深吸了口氣，美華身上還留有剛洗完澡的肥皂香，她替我整枕頭的時候，身子離我極近，幾乎要貼到我的臉上。

我更加地不安了。

美華嘆了口氣，恢復原先坐姿，又講了些不著邊際的話，一會兒說到自己其實心中很寂寞，一會兒說小林或許不愛她。

我突然瞥見通往臥室的牆邊，閃過一絲閃爍，那是眼睛的反光。

小林醒著，他躲在牆邊偷看。

「美華，晚了，去睡吧。」我重重咳了兩聲，沉聲說道。

美華怔了怔，閉上口，起身回房。我偷偷瞥向牆邊，那雙眼睛已經消失。

美華靜靜回房，房裡一點動靜也無。我悶悶躺在沙發上，心中茫然恍惚，這太荒謬了。

方才美華低身替我整枕頭的情景還深深印在腦中，十分撩人，儘管面對的是老友，美華的動作也毫無防備過了頭，幾乎是挑逗了。

我又看了看那漆黑窗戶。「防姦夫偷看」？小林似乎並非無的放矢。

我混亂思考著，想著明天該如何與醫生舅舅聯絡。只要能將小林騙進醫院裡，就算大功告成。若是他乖乖讓舅舅看診那也罷了，要是他發作起來，醫院裡人多，一擁而上，像電影裡那樣捅他一記麻醉針，也應該能把他治得服服貼貼。

儘管滿肚子疑問，但半打啤酒的效力仍使酒力不佳的我很快地睏了，我恍恍惚惚地入睡，隱約聽見爭吵聲音。

「賤人！妳偷男人……妳偷男人！」一個粗獷的聲音大喊著。

「呀——」一個女人的尖叫聲淒厲嚇人。

我陡然坐起，一身都是汗。

四周仍然昏暗，美華和小林的睡房仍無動靜，方才聽見的聲音猶如作夢般。

我捏著領口搧風，口渴得厲害，下了沙發走動，想找水喝。

不知怎的，我神智恍惚，像是夢遊，又像是酒醉，有些景象在我所視範圍的邊緣晃動，當我有意識地看去時，那些景象又溜不見了。

我雙手按在流理台上，頭有些痛，我拿了玻璃杯，在飲水機前倒著水。

我的眼前再次浮現奇異景象，畫面紅通通、有些模糊雜訊，像是電影裡的回憶片段。

奇異景象裡也是一座流理台，但有些老舊，和美華家這座嶄新流理台大不相同。

我怔了怔，搖搖腦袋定定神，奇異景象仍揮之不去；我總算看清楚——這兩座流理台不一樣，但廚房卻是同一間。

紅色影像裡的流理台十分凌亂，堆積著許多髒碗盤，我幾乎能聞到腐臭氣味了。

我見到一隻上了年紀的男人的手往前伸出，自流理台旁刀架，抽出一柄菜刀，菜刀陳舊且鈍，卻仍隱隱倒映出那男人凶惡的目光。

我陡然一驚，連連喘氣，四周黑沉沉的，紅色景象已經消失；腦袋一下子清醒許多，開飲機的水早已溢出杯子，流了滿手，我趕緊關水。

我甩去手上水滴，大口將水喝盡，只覺得方才古怪景象裡，那把菜刀上倒映的眼神，有些熟悉。

和小林剛才躲在牆邊窺視的眼神，非常相似。

和小林在飯桌上說「防姦夫偷看」的眼神，非常相似。

我上了廁所，洗把臉，使自己清醒些，重新回客廳時，看了看時鐘，我只睡了一會兒，此時仍是深夜，我心中莫名的不安加重，那樓梯口上頭似乎瀰漫著一股令人想遠離的氣氛。

我看過許多恐怖電影，也聽過許多鬼故事，我一點也不相信這回事。

但我仍會害怕，這是人之常情。我縮起腳，將整個人縮到沙發上，望向那樓梯口。

我變換了數種姿勢，再次恍惚進入夢鄉，但卻未熟睡，半夢半醒之間，隱約見到有雙腳站在二樓樓梯口邊緣，礙於角度，我僅能夠看見小腿，是女人的小腿。

我發覺自己全身動彈不得，勉強張口卻不能言，彷彿有雙手壓在我的肩上，使我的肩膀發出了奇異的痠麻感。

二樓樓梯口那雙女人小腿微微動了動，抬起了一隻腿，緩緩、緩緩地往下跨，她要下樓。

樓梯陰暗，我感到身上汗水幾乎濕透了整件襯衫，我不信鬼神，但此時一股巨大的恐懼令我幾乎窒息。

樓梯上那女人又跨下一階，我見到她那雙滿布深色污跡的大腿。

肩上的壓迫感更重了，我似乎聽見有種沉重、憤怒的呼吸氣息，自我背後傳來，隨著那女人又跨下一階，背後那呼吸聲更重了。我也見到了女人的小腹，女人僅穿著內褲，樓梯口的陰暗，讓我只能見到她兩隻手微微晃動著、晃動著，滴答著深色的液體。

背後的呼吸聲更加沉重，且更加接近，就像是按著我肩頭的「那人」，將頭靠近我的臉。

我閉上眼睛，再也不敢繼續想下去，藉著微微酒意，我仍努力使自己相信這只是場惡夢。

儘管閉著眼睛，但我仍覺得自己「看」得到東西，有個矮小的人影不停地在沙發邊緣晃動，緩緩地走著，腳步踉蹌緩慢，似乎是位老人家。

四周紅通通的，有些景象亂竄，還有些爭吵聲音、騷亂聲音，似乎有個男人激烈發飆著，是誰？是小林嗎？

有個女人靜靜躺在地上，是誰？是美華嗎？

又有個矮小而蒼老的人影，靜靜佇在我的身旁，一動也不動。

誰？又是誰？這屋子裡還有誰？

我漸漸失去了意識。

04 二樓的小房間

「阿森，阿森！」小林推著我的肩頭，大力搖晃著。

我陡然驚醒，坐起身，只覺得全身發軟，一點力氣也沒有，我揉了揉太陽穴，痛得厲害。

「噢——我酒還沒醒，現在幾點了？」我捏著肩頸，不舒服的感覺蔓延到全身，四周仍是黑沉沉的，漆黑的窗戶透不進一絲光芒。

「宿醉？不會吧，幾罐啤酒而已。」小林嘴咬一片吐司，正匆忙地穿著衣服，手上還拎著公事包，他看了看錶：「現在八點多。」

「喂喂，我們不是說好，去看看我那醫生舅舅？找他聊聊啊！」我問著小林。

小林哼了哼，已經走到門邊，穿上鞋子：「公司突然有急事，我得回去看看，下午吧，下午我就回來了，你和美華自己吃個飯，填填肚子。」

小林說完，不等我答話，便出了家門。我走到漆黑窗邊，悄悄打開一道細縫，從窗縫看出去，小林已匆忙上車，駕車駛去。

我怔怔想著，小林若是忙到連假日都要隨時待命，精神上出了問題也是有可能的。

但昨夜的情形又是怎麼一回事？我回想昨夜那眞實清晰的夢，不由得又發起了抖，我走到廚房，想起自己夜裡曾醒來過一次，口渴起來倒杯水喝，似乎見著了些奇怪的東西。

我來到通往二樓的樓梯口，向上看去，陰森森的樓梯勾起我昨夜惡夢景象，有個女人滿身髒污，一步步向下走。

我來到窗邊，將一扇扇窗全打開，讓陽光透入，外頭晴朗明亮，屋裡總算亮了些，我仍有些怕，便將客廳的燈也打開，室內登時大放光明。

回到樓梯口，我吸了口氣，準備上樓。

「鈴——鈴——鈴——」

我讓一陣突如其來的手機鈴聲嚇得嗆咳了好幾聲，趕忙從褲袋掏出手機，按下通話鍵。

來電的是我大姨，她在桃園經營神壇多年，替人算命卜卦，消災解厄，收入算是優渥。不過我小時候，曾經見過大姨廟裡幾個乩童激烈起乩之後，在沒人瞧見的小房間中，嘻笑聊著剛剛誰演得比較像。在那個當下，我就認定了這些東西全都不值得相信。

「我是真的懂啊，只是總要逢場作作戲，混口飯吃嘛！哪來那麼多神來上你身，哪來那麼多鬼來找你麻煩，很多人不過求個安心，順著他們的意，治他們的心病，也算是做功德啊！」

這是大姨私底下對親戚們的說法。

「阿森，你最近怎樣？」大姨關切地問。

「我……我沒怎樣呀。」我困惑地回答。

「是這樣的，我這兩天吶，總睡不安穩，昨天你外婆託夢給我，說要我提醒你，叫你小心點，別多管閒事。討個老婆孝順你爸爸媽媽，有空帶點水果去替她上炷香！」大姨的聲音聽來，的確像是一夜沒睡好似的。

「你現在在哪裡啊？你外婆不常託夢給我，前年託夢給我，要我提醒你大舅開車當心點，沒多久你大舅就出車禍在醫院躺了三個月，這次又來，你要當心吶！」大姨說得煞有其事。

「我現在在朋友家，約好了要出去玩呢，我會保重身體的。」我苦笑回答。大舅的事情我們一票親戚都聽說過了，但大多當成是大姨自己的穿鑿附會，不過是巧合罷了。

「好吧……」大姨打了個哈欠，說：「沒事就好，有事的話，就來我這給外婆上個香吧。」

「是，謝謝大姨！」我應和幾聲，結束了通話。

我鬆了鬆筋骨，緊繃的心情放鬆不少，看向陰沉沉的二樓，準備上去。

「阿森！」美華的聲音傳來，她佇在牆邊，怔怔看著我。

我瞪大了眼，有些難以置信，美華臉上有一個清楚的紫紅色掌印，半邊臉都腫了，像是被人重重打了一巴掌。

「怎麼回事？」我連忙趕去，美華身子劇烈發著抖，癱入我懷裡。

「小林打妳，是不是？他爲什麼打妳？」我搖晃著她的肩。

美華啜泣著，好半晌才抽噎地說：「昨天我回房睡著……半夜他不知又發什麼瘋，把我搖醒，罵我……還打我……一直問我……是不是和你有一腿……」

「什麼——」我心中的怒氣油然而生，要不是小林駕車駛去已有一段時間，我肯定衝出去打他一頓了。

「這裡……有問題，這房子有問題……」美華發抖啜泣著，害怕看著寬敞的客廳，陰森的窗子、毫無生氣的裝潢擺飾。

「妳別怕，妳不是說樓上有間房間進不去？」我將美華拉到樓梯口，指著上頭：「我們上去看看，說不定可以找出什麼。」

美華發著抖，拭去眼淚，幽幽地說：「能找出什麼？就算找出什麼又有什麼用……」

我已踏上了二樓樓梯，回頭對她說：「當然有用，如果找到一些……能夠證明這房子有問題的證據，才好找你們房屋仲介談，要屋主退錢，你們將房子還他，搬到別的地方去呀！我有個很要好的高中同學也是房屋仲介，相關問題我可以向他請教！」

「要是……找不出什麼東西呢？」美華哭喪著臉問。

「那我就準備根木棒、鍋鏟什麼的，等小林回來，揍他一頓，再叫警察來，告他虐妻！」我大聲說著，往樓上走去。

美華怔了怔，這才跟在我身後。我們一前一後上樓，二樓也昏暗一片。

我按下二樓電燈開關，猛嚇了一跳，那電燈的顏色也黯淡陰森，仔細一看，竟是燈管也給塗了黑漆，燈光隱約透過黑漆，成了青青森森的微弱光芒，這樣一來，使得本來便漆黑嚇人的二樓，更添上一層詭異氣氛。

「什麼玩意兒！」我大聲罵著，想藉由怒罵驅趕心中恐懼。

我大步跨出，四處走著，將二樓的窗子一扇扇打開，正覺得奇怪這窗子怎麼這麼難開，仔細一看，窗子不但扣上，且釦鎖上還纏了鐵絲。

「媽的！」我更生氣了，用力解開鐵絲，好不容易將二樓的窗子全打開，總算亮了些，美華卻靜靜地倚在最後一間房門前，側耳聽著。

「阿森……你聽……」美華臉色充滿驚恐，向後跌去，倒坐在地上。

我趕緊走去扶起美華，同時伸手轉了轉門把，的確打不開。遲疑了半晌，我將頭靠上那扇看起來灰白、淒涼的小木門。

並沒有什麼聲音。

「什麼也沒有。」我向美華苦笑了笑。

美華大力抓著我的手，堅稱裡頭有聲音，她用幾近哽咽的語調說：「眞的……眞的有聲音……有說話聲音……」

「我們把門打開，好嗎？」我苦笑地問。

「但是門不是鎖上了嗎？」美華困惑。

「開門的方法有很多種！」我這樣回答。

的確，以原先小林和美華的立場來看，新家住處有扇打不開的門，抽空請個鎖匠來便是了。只是之後的情形發展出了奇異變化，一時也沒那閒工夫找鎖匠。

但換成我，要撬開一扇老舊破門倒也不難，甚至賠償小林一扇新門也不是什麼大問題。

我扭扭脖子、晃晃腳，轟隆一聲踢在門上──

磅啷一聲，我退開一步揉揉腳，原來門沒有這麼好踢開。我拭了拭汗，瞄準破舊門把又猛踹幾腳，踹得我腳幾乎都要扭傷了，好不容易才將那門把踹歪，門板銜接處出現一條裂痕。

我喘了口氣，用力扳著門把，總算破壞了鎖，推擠木門的同時，這才發覺原來門後頭還有東西頂著，難怪這樣難開。

我用身子推撞幾次，將那縫隙推得更大了些，裡頭陰暗無光，什麼也看不見，剎那之間我有種奇怪感覺，卻說不上來。

再推了幾下，總算將門開到可供一個成年男人擠進去的大小。

我回頭向美華看了看，美華蜷縮著身子，不安地看著我。

我鼓足勇氣擠進這小房間，房間裡瀰漫著淡淡的酸味。我伸手在門邊牆上摸索，總算摸著電燈開關。

喀的一聲開了燈，房間裡蒙上一層迷濛光芒。

我呆立其中，這是間兩、三坪大的小房間，有張破床，有幾只陳舊小櫃，方才擋住門的，是其中一個倒下的小木櫃，木櫃中有些舊書、小本子撒了一地。

地上、床上、小櫃上滿是灰塵，我看著地上一道長長拖行痕跡，那是我剛剛撞門推開小櫃時，小櫃原先擺放位置上的乾淨處，以及小櫃拖拉時抹出來的。

房間之內再也沒有其他痕跡，所有的灰塵厚度大都一致，這表示在我進來之前，這間房間已經反鎖許久。

我抬頭看看那老舊日光燈，額上滲出大顆大顆的汗水，我終於明白那奇異感覺由來爲何。燈管和二樓外頭一樣，塗著黑漆，我又看了看四周，有面牆上掛了塊布，破布的一角露出了窗沿模樣的木塊。

我走去掀開那破布。

是一扇窗戶，寫滿了字的窗戶。

字是黑褐色的，像是經過了許久年月，我顫抖地看著上頭字句，這些字句大都凌亂潦草，且有不少錯字，寫滿整片窗，我細看半晌，總算辨認出幾個還算清晰的詞——「賤人」、「魔鬼」、「殺千刀的」、「不得好死」……

我怔了怔，想起了昨夜惡夢中那男人發怒的模樣，在模糊不清的爭吵當中，似乎也有聽到類似的字眼。

我又注意到一個奇異景象，那窗黑沉沉的，有些熟悉——黑漆。

這扇窗戶也塗著黑漆，卻不是向著我的這一面，而是窗戶的另一面，我稍微檢視一番，這窗子的釦鎖是開著的，但是窗子給鎖死了，是從另一面鎖上的。

「呀——」美華一聲尖叫，我轉身，見到美華佇在門邊，恐懼地看著那盞老舊日光燈。

我連忙將遮著窗戶的破布簾子放下，不讓美華看這更嚇人的景象。

「小林沒進來過，為什麼？為什麼！」美華發著抖，喃喃問著。

我深吸了口氣，連連搖頭，說不出半句話。我費了好大工夫才踹壞了門鎖，推開那讓小櫃子擋著的門，地上厚厚的灰塵痕跡都顯示，小林並沒有進來過，但裡頭黑漆燈管和黑漆窗戶，手法都和小林的作為一模一樣。

這代表什麼？

強大的恐懼催促著我將美華推出小房間，火速關上燈、關上門。

美華不可自抑地啜泣。我將她帶下樓，兩人在客廳大眼瞪小眼。

「我受不了這間屋子了……我受不了了……」美華佇在客廳中央，甚至不願意坐在那新買來的沙發上。

「好，我們先出去吧，到外面透透氣，想想辦法。」我這樣說著，帶著六神無主的美華，離開了這間屋子。

□

我們來到咖啡廳，美華靜靜坐著，不發一語看著窗外好一會兒，喃喃地說：「小林會漸漸變成另一個……屋子裡的人，他快要被霸占了……快要被霸占了……」

我默默聽著美華的自言自語，努力地將現在所得到的訊息組織成一個完整的事件，再從中思考該如何解決。

小林在搬來新住處之後，行爲漸漸變得古怪，假設眞是鬼上身好了，那麼和這間便宜得令人不敢置信的新屋，必然有關連。

據美華說，這間屋子轉手過許多次，一次一次以更低的價格賣出。她曾試圖聯絡經手的仲介人員，但那仲介剛好請了長假，不知什麼時候才聯絡得上。

以美華當前的身心狀況來看，卻似乎一天也拖不下去了。

那間本來打不開的房間，裡面有著和外頭一樣的黑漆窗戶和黑漆燈管，由陳舊的痕跡和屋內陳設來看，應該是前住戶塗的。

而小林在不知情的情形下，做出了和前住戶一樣的古怪行爲。

我想起昨夜那十分眞切的惡夢，那個逐步跨下的女子，那個粗魯的男人……不知道是否是近年流行的靈異電影看得多了，我立時編織出了一個荒誕的經過。

粗魯且有精神疾病的老公，懷疑自己的年輕老婆有了外遇，動輒粗暴相對，還將妻子關在一間漆黑的小房間中，在窗子外頭塗上了漆，斷絕她所有與外界聯繫的機會。

妻子日漸憔悴，也漸漸地崩潰，在窗子上寫下了許多怨毒的字眼。

有一天，或許是丈夫突然發狂，也或許是當真發現了那姦夫，丈夫將妻子殺害之後自殺。老屋陰魂不散，新搬進來的小林和美華自然深受其害。

我苦笑一聲，極其荒謬的推論，但昨夜真切異常的夢境，和詭異的密室，讓鐵齒的我也不免動搖，我突然想起了大姨的一席話——「很多人不過求個安心，順著他們的意，治他們的心病，也算是做功德啊！」

我拿出手機，回撥了大姨的號碼，心中暗暗慶幸著不久之前她才打過電話給我，手機中還儲存著來電號碼，否則找起來也挺麻煩的。

大姨接了電話，我將這兩天發生的事，大致說了個概要，也將小林異常的言行舉止，通通說給大姨聽。

大姨驚愕聽著，先是以親戚長輩慣有的指責語氣訓了我一頓，怪我上午還逞強說沒事，她說：「你都不知道，你外婆在天上保佑著你，上次你大舅出車禍，撞得整台車都爛了，只住院三個月，都是你外婆保佑他，要不然人都要撞得跟車一樣了！」

我應了幾聲，這件事在親戚聚會時，大姨大概說過六百多次了。

大姨想了想，給了我幾個人名地名，都是些位在新北，地方上小有名氣，有幫人驅邪作法的神壇廟宇，但是她補充一句：「老實說，這一行裡頭騙子真的不少，有些大師名氣大，但未必有料，你要自己小心。」

我很想加一句「大姨妳不也是？」，但還是忍住了不說，仔細記下那些位於新北的神壇地點，淘汰幾個距離過遠的地方，向大姨道了謝，又隨口問：「大姨，小林怎麼辦呢？他是我的好朋友，我不能不管他。他真的鬼上身了嗎？」

大姨想了想：「阿森吶，若照你說的，那間屋子裡頭的鬼魂很凶啊，是厲鬼了，他們要找替身吶。你朋友的情形已經很嚴重啦。你先帶他們去我說的幾間廟裡驅驅身上的污穢霉氣，再去飯店住個幾天。那些冤死的厲鬼不會亂跑，除非上了人的身，否則都會乖乖地留在那間屋子裡，避個幾天，你朋友就好啦。到時候記得帶他們來桃園看你大姨，我正式幫他們辦個法事保身，算他們六五折就好了！」

我翻了個白眼，又問：「那間房子怎麼辦？他們夫妻倆存了好久的錢才買下來的，又不是拍電影，不能放火把房子燒了啊。」

「房子不能住了，要你朋友搬吧，要辦法事超渡裡頭的怨靈也是可以，只是比較麻煩，我這個月都很忙，下個月才有空。況且你想想，就算真的把房子弄乾淨了，他們還敢住嗎？」大姨這樣說著。

我嘆了口氣，想想也對，不論房子能否處理乾淨，美華嚇也嚇夠了，很難再安心地住了吧，那大房子不免還是要轉手賣掉，法事本身又得再花一筆預算，小林未必肯。

「大姨啊，到時候就拜託妳了，看在妳外甥份上，算人家便宜一點吶！」我只能這樣說。

結束通話後，我看了看記事本上的幾個神壇地點，便招了一部計程車，帶著美華往最近的一個地方前進。

一路上美華悶不吭聲，我則回想著昨夜可怕經過，那嚇人的女人爲何沒繼續往下走？按著我肩膀的似乎就是那凶暴男人，他們爲什麼沒對我下手？

我有些納悶，陡然想起在昏沉沉的最後，依稀有個矮小身影在我身邊佇留，那抹身影……我拿出皮包，取出皮包中的小紅包，裡頭裝著外婆的手尾錢。我沉沉想著，想起了外婆還活著時的模樣。是否眞如大姨所說，外婆正保佑著我呢？因爲這樣，所以那兩個可怕的鬼魂才沒有對我下手嗎？

想著想著，計程車已經來到第一間神壇。

「這種事情處理起來簡單得很，現在治安不好，凶殺案多，在屋子裡橫死的不知道有多少，這種事情我碰多了，作個法把那些冤魂除了，在屋子裡頭畫個八卦陣，屋子外頭畫個天火陣，包你屋子幾十年乾乾淨淨。」身穿淡黃絲綢外套，留了撮山羊小鬍子，看起來仙風道骨的王大師這麼說著。

聽大姨說，王大師在北部是個小有名氣的風水師，也擅長替人驅邪避凶。我依照筆記本上較近的地方找，先找著了這裡。

「我跟你說我們這裡的特價套餐好了，頂級會員套餐——『天火八卦陣』，一經施法，屋子裡裡外外全都受陣法庇蔭，不管是孤魂野鬼還是流年不利，這陣法全都照顧得到，大概有五十年的效力，保你們夫妻倆升官發財！」王大師拿出了他們的價目表，價目表上頭的「組合套餐」分類之精細，使我有些驚訝，稍微瞥了兩眼，瞧見這「天火八卦陣」的價錢——八十八萬八千八，更是讓我差點連喝下的水都要咳了出來。

「不不，我們不是夫妻，我和她先生是好朋友。」我搖手解釋著。

美華苦著臉問王大師：「大師，有沒有便宜一點的辦法？我們只想平安度過這次劫難。」

王大師親切地笑，又指著幾個套餐解釋了幾遍：「『八卦陣』，守護整間屋子，使人神清氣爽，三十八萬八千八；『天火陣』，擋下屋子外頭一切野鬼惡煞，二十八萬八千八；『吉祥如意陣』，讓人心想事成，好運連連，十八萬八千八……」

我臭著一張臉，將美華拉出了這命理大師的住處，臨走時王大師還不忘推銷他那一張八千八的平安符。

跟著，我和美華又跑了幾家神壇，見過了一張張令人作嘔的嘴臉，本來晴朗的天氣過了中午開始轉陰，厚厚的雲往天空中央堆積，灰濛濛暗沉沉的。

美華的臉色愈加地陰沉，不停看著錶。我大概猜想得到，此時已是下午，小林要是結束了公司的急事，回到家不見我和美華，必然又要發作，以爲我們不知躲在哪裡偷情，不知要做出什麼事了。

連續見了幾個不要臉到極點的神棍騙子後，我幾乎要放棄了這荒謬的方法，哪裡有什麼鬼？賤人倒是一堆。我打定主意，回去便和小林攤牌，把話說清楚，他要是動粗，我就揍他一頓，然後報警，強行抓他就醫。

「這樣啊。」神壇的主人約略五十來歲，模樣粗粗胖胖，滿臉鬍子沒刮，臉色紅漲，像是昨夜的酒還沒醒似的，在大姨的敘述當中，並沒有對這小神壇做出什麼評語。

這也是我耐心的極限，在我做出要把小林揍一頓的決定之前，計程車已經在他的小神壇前停下，我也耐著性子，帶著美華下車。

我臭著一張臉，反倒是美華主動說明來意，將家中情況和小林中邪模樣說了個明白。

「咦，分明是厲鬼上身，這還得了！」那大叔打了個酒嗝，拍拍肚子，盯著他神壇上那把黑漆漆的木劍：「這樣好了，我跟你們回家，看看是什麼樣的厲鬼這麼厲害。」

「呃？」這下輪到我和美華驚訝了，想不到這胖大叔倒挺爽快，也沒講什麼價錢。

「大……大師，那……你的價錢是多少？」美華猶豫問著，他們所有的積蓄都花在這房子和之後的裝潢布置上頭，存款所剩無幾，就算加上我的幫忙，也僅能籌出二、三十萬現金。那種吃人不吐骨頭，動不動幾十幾萬幾千幾的法事套餐，小林、美華肯定是無法負擔的，騙一些小有積蓄但是沒有腦的大叔大嬸倒是挺適合。

「這是什麼話？」胖大叔重重拍了桌子，起身抓起破椅子上的破道袍，往身上一披，酒氣之中倒眞夾雜著幾許威武氣息。

「我們這種都是命中註定好了，生下來就是要幫助苦難眾生，驅除厲鬼哪還要計較什麼錢，意思一下就好了。」胖大叔將木劍、香燭等等器具包好，拎在背上就要往外頭走。

「大師、大師！」美華追了上去，在皮包中掏著，掏出了幾千塊，又慌忙轉頭看我，問我有沒有空的紅包袋。

那胖大師嚴正拒絕，說：「我先幫你們把事辦好，別人是拿人錢財與人消災，我向來都先替人消災，拿不拿錢隨緣吧。」

胖大師開了他停在神壇旁的小貨車，招呼我們上車。

我從來也沒有見過這樣好的好人，這種在電影裡才能見到的好人，不禁有些慚愧。

在車程中，瑣碎聊著，那胖大師姓趙，喪妻許多年，看破了很多事，隱姓埋名地替人作法驅邪，爲善不欲人知。

美華像是溺水的人抓著了浮木般，一路上問個不停。那趙大師說的和我大姨說的差不多，屋子裡冤死的靈，遇上了新搬入的住戶，像是老虎見著肥羊一樣，要找替身來了。

小貨車在美華住處前停下，此時已下起微微陰雨，天色更暗了。我看了看錶，已經近五點，小林卻沒有一通電話給我，他在家嗎？或是還在公司忙著？

「眞的很邪！」趙大師粗魯地將帶來的法事器具全揹在背上，一手遮著天上落下的細細雨絲，大步跨進美華家的小院子。

我看了看屋外，附近沒有小林的車，心想他應當還在公司裡頭忙著，不由得鬆了口氣，向美華要了鑰匙，替趙大師開門。

由於窗戶全都漆黑一片，在這陰雨天氣裡，屋子看起來更顯得陰森暗沉。

趙大師走進客廳，陡然怒眼圓瞪，抽出木劍，環顧客廳一圈，口中喃喃唸著。

美華害怕地打著顫，躲在我背後。我替趙大師按開客廳的燈，他在客廳晃了一圈，舞了兩手劍，撒了一堆符，突然轉頭看著美華：「太太，一樓沒有問題了！」

美華害怕的神情這才有些緩和，連聲和趙大師道謝。

見趙大師拎起包袱轉身要走，美華趕忙指著二樓：「大師！還有樓上，樓上有古怪！」

趙大師捏指算了算，懊惱說：「不、不……樓上陰氣太重，超乎我的想像，我和你們緣分不夠，逆天而行我會折壽。」

美華哭喪著臉拉住趙大師的手：「大師、大師，現在只有你能救我們，求求你幫幫忙！」

趙大師猶豫地說：「這樣好了，你們去買九十九隻處子雞，連續四十九天用『大光明祭法』祭祀神明，這樣一來，我們的緣分才能聯繫得上，我再出手，才不至於逆天。」

美華爲難地說：「大師，四十九天太長了，我們也不懂什麼是『大光明祭法』……」

「這樣好了，我好人做到底。」趙大師嘆了口氣：「看現下情形，的確也是迫在眉梢，我先出手幫你們，逆天也沒辦法了，不過四十九天法事是一定要做的，你們不懂的話，我就代勞吧，但那些香燭、祭品、擺飾雜七雜八的費用，我這個小小的破神壇可負擔不起……」

我聽到這裡，先是愕然，跟著有些氣憤，才要出聲阻止，美華已經連連點頭：「一切費用我們全部負責，大師，您快行行好，上去把那些鬼給收了吧！」

「好！」趙大師掏出一張單據，上頭鉅細靡遺地列出一場「大光明祭法」的所需費用，要美華簽收。

「等等！美華！」我搶了上去，可趙大師連筆都準備好了，美華看也不看便簽字，我僅能瞥到單據一角，看到了大概費用數字，趙大師便將單據收進胸前口袋。

「……」我稍微回想剛剛瞥見的數字，四十來萬，一股怒氣油然而生，但美華已經領著趙大師往二樓走去。

我悶不吭聲地跟上，心中已經打定主意，就等小林回來，大鬧一場，順便連警察一起找來，把這個虐待老婆的傢伙送去治療，再把這個比一般神棍假掰一點的神棍繩之以法。

二樓更顯陰森，儘管窗子都打開，但窗外陰雨綿綿，還不時微微閃動著雷光，十分嚇人。

美華害怕地佇在長廊上。趙大師瀟灑地揮了揮木劍，獨自往那小房間中走去，我依稀聽見趙大師也因爲驚愕而發出了細微的悶吭聲，但立時便又聽見他的誦經聲和說話聲：「這鬼好凶，看我的佛指印！」

我湊了上去，偷偷察看裡頭情形，只見到趙大師隨手亂揮著木劍，一邊撒著符紙。

樓下傳來開門聲，是小林回來了。

美華輕聲呼喊著我，我趕緊下樓。

「這是怎麼回事！」小林見客廳全是符紙，驚訝問著，見我匆忙下樓，他大步走來，大聲問道：「爲什麼我打電話回來家裡沒人接，你們去哪裡了？」

「木木！」美華也下來，解釋著：「家裡有鬼！木木，你聽我說，家裡有鬼，你被鬼附身了，我請法師來作法救我們！」

「你們在搞什麼鬼！」小林大聲吼著，暴躁地在客廳走動，一會兒抓抓頭髮，一會兒坐下，眼神由驚怒變成深深的怨毒，看了看美華，看了看我。

我讓小林怨毒的眼神瞪得直出冷汗，小林又發作了。

美華上前幾步，才要解釋，小林突然一腳踢翻桌子，怒吼一聲，大罵：「什麼狗屁！什麼狗屁！你們到底在搞什麼，說，你們背著我在搞什麼？」

小林這句質問，是揪著美華的頭髮說的。

我又驚又怒，連跨幾步上前，一拳就打在小林的臉上。

小林鬆開手，美華哭叫著，連滾帶爬地往二樓逃去，還不停叫喊著：「大師……大師，又來了！鬼又來了！」

小林不停掙扎，我壓在他身上，連連給了他兩個耳光。

「你做什麼！阿森，你打我幹嘛！」小林吼叫著，回了我一拳，我翻倒撞在沙發上，眼冒金星地站起。

小林也站了起來，摀著正流著血的鼻子，怒氣沖沖地指著我，大聲斥問：「你幹嘛打我？我想起來了，昨天你也打了我一巴掌！」

我怔了怔，此時的小林雖然仍一臉憤怒，但剛剛那股怨毒陰森的氣息卻消失了。

「你到底知不知道你在幹嘛？你又打美華！」我大聲說著。

「我打美華？」小林瞪大眼睛不解問著：「你說什麼？」

「……」我搖了搖頭，說：「小林，你生病了，美華找我，就是因爲你……你欺負她，她受不了才來找我求救。我要帶你去看醫生，你不去我只好報警！」

我邊說邊拿出手機，作勢要打電話。

小林氣急敗壞，大聲反駁：「我不懂你在說什麼！有病的是美華，奇怪的是她，我好幾次想帶她去醫院，她就大鬧特鬧！」

「你說什麼？」這下輪到我覺得奇怪了。

「媽的，本來不想讓你看的！」小林推了我一把，自顧自地朝主臥室走去，突然轉頭，向

我招了招手：「過來！」

05 恐怖晚餐

我滿腹疑問地走去，小林推開了主臥室的門。

紅殷殷的四面牆上寫滿了黑漆字，漆黑的窗戶、凌亂的床，一些櫃子七零八落歪倒，上頭也有些紅字、黑字。

我張大了口，好半晌才能開口：「這……這是怎麼回事？」

「怎麼回事？」小林疲憊退出了臥室，發呆看著我：「美華搞的。」

「她說是你把窗戶塗黑的！」我大聲斥責。

小林苦笑罵著：「媽的！窗戶是我塗黑的沒錯，因爲美華在窗戶上面寫字！寫一些……很難聽、不堪入目的字！」

我陡然一驚，想起了樓上小房間的窗戶。

小林揮手搖頭：「我擦去那些字，她又寫上。起初我們只是爲了些小事吵架，她越來越怪，越來越……不可理喻，在窗戶寫字，在臥室塗紅漆，有時候還自己跑上樓不知道做什麼。阿森，你看……」

小林邊說，邊解開上衣襯衫的鈕子，我驚訝地喊了出聲。

小林的胸膛小腹，滿滿都是抓痕，有些地方有敷藥，似乎快要好了，有些抓痕是新抓上的，這樣的日子顯然已有一段時間。

「她說你闖進她的插花房，砸爛了她的插花作品？」我想起這樣的控訴，質問著小林。

「那也算插花作品？」小林揪著我，將我拉往另一間房間。

「你自己看！」小林打開房門，將我推了進去。

我瞪大了眼，裡頭極度凌亂，和主臥室一般，同樣也被紅漆黑漆潑得到處都是，且散發著酸臭味道。桌子上有著破裂的花盆和一堆一堆奇怪的「作品」，大都是些野草、腐壞了的青菜、肉類、骨頭、垃圾……

「她拿野草、煮過的青菜蘿蔔、臭垃圾亂插一通，臭得要死。她病了，完全不可理喻，我要她將這些東西拿去丟，她就發脾氣，跟我吵鬧！」小林大聲說道。

我瞪大眼睛，聽小林快速說著，幾乎推翻了我腦中原先所知的一切。

□

剛搬來的第二天早晨，映進屋裡的陽光朗朗，一切是那樣美好，小林坐在木質餐桌前，看著美華婀娜的身形在廚房忙進忙出，端上切得整齊的三明治和奶茶。

「這份是我的，你的還沒好喲！」美華笑嘻嘻地將這份早餐放在她的座位前，轉身去端另一份屬於小林的早餐。

「親愛的老婆，妳越來越性感了！」小林對著美華的背影吹起了口哨，雖說是玩笑話，但美華的背影看來卻似乎眞的和以前有些不同，但哪兒不同也說不上來。

「多謝老婆大人……」小林誇張感謝，伸手接過美華遞來的他那份早餐，說到一半的話卻突然哽在喉中，他見到手上那份餐點，三明治幾片吐司大小不一，裡頭的火腿、荷包蛋等配料稀稀爛爛，和美華自己那份截然不同。

美華對此一點也沒表示意見，像是理所當然一般。小林愕然地說不出話，抓在手上咬了一口，鹹得嚇人，仔細一看，半生不熟的荷包蛋上頭，還沾著一顆一顆的厚重鹽塊，若說這只是開玩笑，那可眞是讓人摸不著頭緒。

「我做錯什麼了嗎？」小林苦笑地問，他不認爲這像是個玩笑，反倒以爲自己得罪了美華，美華和他鬧彆扭，故意做出這難以下嚥的東西來。

美華只靜靜吃著，沒有回答什麼。

中午時分，小林將不言不語的美華，硬是拖進自助餐店吃午飯，他不停問著，好說歹說，就是不明白美華究竟生他什麼氣。

午後，在賣場之中，美華舉止更加地異常，不停將日用品和零食放進推車當中，這些東西都是平時用得上的，數量卻超出了平時所需的數倍。

小林正要出聲阻止，美華嚇人的尖叫聲已然暴起，且撲了上來，對他又抓又打，理由是小林向一個婦人多瞧了兩眼，小林驚惱至極，和美華吵鬧出了賣場。

到了晚餐時間，房中昏暗，小林枯坐餐桌，擔心瞧向廚房裡的美華，他只要一靠近，美華便尖叫，要他滾遠點。

「妳生病了，要不要我帶妳去看醫生？」小林關切問著，看著美華將一盤焦得像是木炭的煎魚端上了桌。美華只看了他一眼，神情中盡是不耐和不屑。小林讓這樣的眼神瞧得惱火，不由得提高了聲音：「妳究竟怎麼了？妳有什麼不滿，直說不行嗎？這樣亂鬧，很好玩嗎？」

「你嫌菜不好吃嗎？你一個月薪水多少？有得吃就不錯了，你挑什麼？」美華突然冒出了這句話。

小林漲紅了臉，再也忍耐不住，一把將那焦黑的魚打落下地，抓起外套就往門外走。

外頭的風大，小林在街頭徘徊，手上抓著瓶冰啤酒，只喝了三口，心中愕然不解，本來柔順的妻子怎麼會在一天之內變了個人？

小林左思右想，也不知道自己究竟犯著她什麼，突然又擔心起來，推想是美華身體狀況不佳，所以情緒失控。

擔心超過了氣惱，小林這才返家，遠遠便見到窗外隱約透著紅色的痕跡。

小林驚愕莫名，奔得近了，才看清窗子上頭讓人以紅漆寫下了滿滿的怨毒咒罵。

小林開了門，只見到美華赤裸著身子，身上滿是紅漆，大聲狂笑著，在房中踱步。

「妳瘋了！」小林失聲叫著，花了好大一番工夫，這才將美華制伏，奪去她手上的漆刷，美華也不再抗拒，乖乖蹲坐在地，歪頭瞧著小林。

小林呆愣在客廳，看著地上幾桶紅漆和黑漆，也不知道美華上哪兒弄來的。他苦嘆著氣，此時天黑，窗戶外頭的字瞧不清楚，要是到了白天，可要嚇壞附近鄰居了。

他拿出松香水想要擦拭，美華便又發狂，一夜下來，鬧到他精疲力竭，再也沒有辦法，這才拿了黑漆，將全部的窗戶塗成黑色，心想美華要是再寫，外頭也瞧不見了。

將沉沉睡倒在地的美華抱回臥室，小林洗了個澡，鏡中的他看來如此憔悴，甚至有些不像以前的自己，那是誰呢？

夜裡，小林同樣作著一個又一個的惡夢，夢中的美華凶惡可怖到了極點，有時虐打他、有時無理取鬧、有時風騷異常，帶著不同的男人回家過夜，小林這一覺睡得慘烈，在夢境的最後，竟是美華渾身浴血，站在二樓樓梯口，舉著尖刀，鬼魅似地要和他拚命。

「呀——」夢境中的美華發出了淒厲的嚎叫聲。

小林猛地坐起，已然清醒，回到了現實中，仍然聽見美華的尖吼聲，她在房子裡頭不停奔著，指著每一扇窗戶大叫。

「你快來看，窗戶讓人潑了漆！你昨晚上哪裡去了？」美華尖叫著。

小林無奈答著：「是我漆的……」

「木木……木木，你到底怎麼了？」美華哭喪著臉問。

小林無言以對，自這天起，是地獄的開始。

□

不久之前的某一天，小林剛下班，滿心疲憊回到家，新任主管的壓力壓得他喘不過氣來。屋子裡頭暗沉沉的，餐桌上擺放著幾盤不知道放了幾天的菜，都發出了濃濃的餿味。小林嘆了口氣，他疲憊到了極點，生理和心理都已經到達極限，連將那些菜餚倒入垃圾袋中打個結的力氣都沒有了，且那樣做，美華會十分生氣，會發狂。

小林將這些菜餚放入了冰箱。

美華的插花房傳出細碎聲音，小林憂心地走了過去，房門半掩著，門縫泛出了殷紅色的微光，十分詭異可怕。

小林推開了門，美華披頭散髮，興致勃勃地端著一盤散發著惡臭的青菜，伸手在盤裡抓著，往桌上那堆「作品」上抹去。

小林抓著頭，完全束手無策，只能怔怔地看著美華那堆作品，幾根蘿蔔插在插花用的劍山上頭，雞骨頭一根一根刺在蘿蔔上，雞骨頭上掛了一片一片腐壞的肉片和青菜。

美華咧著嘴巴笑，笑容詭異嚇人。

她回頭見到小林，總算開口說話：「老公，你回來了，飯桌上有菜，我特地為你做的。」

小林揉著僵硬的肩膀，無法應答些什麼。

美華的笑容漸漸退去，取而代之的是惱怒的神情，用逐漸尖銳的聲音斥問著：「你吃了沒？你沒吃對不對？為什麼不吃？是不是嫌我做的菜不好吃？你說！你說！」

她尖聲大罵，臉上映著紅通通的光芒，表情活像是夜叉厲鬼。

「我做的菜明明就很好吃！」美華大叫著，一把抓起盤中的腐壞臭菜，往嘴裡塞去。

「美華！妳到底怎麼了？」小林再也無法忍受，大步衝上前一把將桌上那幾堆作品全掃下了桌，又一把搶下美華手上的腐菜。

「你打我！」美華尖聲叫著，撲上和小林拚命。

小林抓著美華的手，大聲斥罵著。

這晚吵鬧過去，總算將美華趕上床睡覺。小林在浴室中淋浴，反覆地洗著臉，看著鏡子，不明白自己做錯了什麼，更加擔心美華的情況，照這樣的情形看來，美華實在病得不輕。

小林洗完了澡，上床睡覺，恍惚中已經到了凌晨。

有細碎的聲音叫喚著他，小林醒了過來，美華仍沉沉睡著。

小林循著那細碎聲音，一步一步走出房間，往二樓去，似乎有種力量驅使他往樓上走。聲音是從二樓的最深處透出，自那鎖上了的房間透出，小林恍惚走去，在那門邊蹲下。

有個聲音在對他說話，聽不清楚是什麼。

一把菜刀，緩緩地從門縫中被塞了出來。

小林拾起菜刀，拿在手上不停瞧著，在地上磨著，門的另外一邊傳出了細微的聲音：「小心……她會殺了你……你要……保護自己……殺……她是個壞女人……殺了她……殺……」

小林連連點著頭，恍惚應答。

「她來了……」房間裡頭的聲音這樣說。

小林陡然一驚，抬起頭來，美華眼神凌厲，手裡拿了把尖銳水果刀，靜靜站在樓梯口，冷冷看著他。

「老婆，妳做什麼？」小林憤然起身，美華已經轉身下樓，奔跑急促。

「妳拿刀幹嘛？妳想做什麼？老婆！老婆！」小林慌亂追著，生怕美華出了意外。

美華急切跑著，跑進了廁所，將門轟隆關上。

「開門！開門！」小林大力搥著門，將門搥得轟隆作響。連日來的精神壓力使得小林再也忍受不了，搥了好一陣子，終於崩潰大哭，在門上亂抓著，精神也愈加恍惚，竟沒注意到四周飄移著奇異的人影，客廳的燈不停地閃爍，廁所牆上的開關，竟不停地顫動著，一開一關，一開一關。

不知道過了多久，天漸漸亮了，小林癱坐在廁所門外，裡頭還傳出美華的啜泣聲。

一陣電話鈴聲來得又急又快，小林趕緊起身去接聽，是公司打來的，有些狀況要交代。

美華終於打開門，小林撲了上去，一把將美華拉出，急切問著：「美華，妳生病了，看妳這樣我眞的心疼，我帶妳去看醫生，好不好？」

美華大力掙扎著：「不！不！你去忙你的好了，我一點事也沒有！一點事也沒有！」

小林還想說什麼，突然手上一陣劇痛，是美華狠狠地咬了他一口。

美華掙脫了小林，又躲進主臥室，將門鎖上。

「妳乖乖的，好不好？好好照顧自己，有什麼事打電話給我。」小林敲了幾下門，深深嘆著氣，看了看錶，出門上班了。

這天便是昨天，美華找上我的日子。

□

「老實說，我不知道要找誰幫忙，誰能幫我？沒錯，我也變得越來越古怪，有時候會很暴躁，會對她動手動腳，我也不知道爲什麼，大概快要被她搞瘋了吧！我有想過帶她去看醫生，順便自己也一起看，但是她死都不要，我也沒辦法打昏她。我想過要找救護車硬把美華抓去，但那樣會上新聞，我才剛升上主管，我不想讓我的屬下在電視機上看到我的糗樣……」

小林說到這裡，我終於發現我犯了個大錯——聽信了美華的片面之詞。

儘管如此，小林對我說的這番話，同樣也是他的一面之詞，我攤了攤手，苦笑：「好，好哥們，我們現在上樓，把那個神棍扔出去，再將美華帶去就醫，你也給我乖乖地去就醫，這樣就不會上新聞，好嗎？」

「什麼神棍？」小林遲疑問著，跟我回到客廳，似乎同意我要帶美華就醫的提議。

我和小林一前一後地往二樓走，此時已天黑，窗外雨下得更大，還颳起了風，敞開的窗戶吹進風雨。小林按開廊道上塗著黑漆的日光燈，我倆看看閃爍的陰沉燈光，又互相看了一眼。

小房間裡頭靜悄悄的，美華和趙大師應該都在裡頭，有些窸窸窣窣的聲音自小房間傳出，似乎還有些低微的悲鳴聲。

我倆趕緊過去，小房間裡頭也是陰森森的燈光，符紙撒了一地，趙大師趴在地上，痛苦地呻吟著，美華一腳踩著趙大師的後背，地上還躺著斷成兩截的木劍。

趙大師見了我和小林，哭叫呼救：「救救我！救救我！有鬼！有鬼啊——」

我和小林嚇得連連後退，撞在走廊牆上。

美華轉過頭來，看著我和小林，臉色青森森的，眼睛泛著血絲，嘴裡喃喃唸著些話，好半晌才開口：「老公，你回來了；阿森，你肚子餓了吧，我去做晚飯……」

美華說完，走出小房間，我和小林嚇得說不出話，美華的眼神淒慘可怕，又怒又笑地往樓下走。那趙大師努力掙扎站起，想要逃出這間屋子，他擠開廊道上的美華，奔衝下樓。

美華陡然尖叫一聲，聲音極其尖銳淒厲，趙大師踏上階梯，竟讓美華這聲尖叫嚇得滾下了樓，撲跌在客廳哀號，美華追了上去，和趙大師在客廳激烈扭打，將他的外衣都給扯了下來。

我和小林趕緊上去幫忙拉開兩人，趙大師哇哇慘叫，嚇得連尿都灑了出來，也不理那讓美華撕得破碎的外衣，一把推開我，尖叫著逃出這屋子。

我手上還抓著趙大師的上衣破片，發現地上有張紙，正是他騙美華簽下的法事單據。

美華摔開小林，恨恨地追到門口，指著門外痛罵，罵聲淒厲尖銳，足足罵了好半晌，這才重重將門關上。我見到美華從一旁小櫃中翻出了個物事，是串鑰匙，她暴躁地轉動鑰匙，將門給鎖上了。

我吞了口口水，感到嚴重的不安，我突然有些羨慕那嚇得撇尿的趙大師，儘管他在打鬥中讓美華抓得滿臉血痕、上衣破碎，單據也掉了，但他已在屋子外頭，我聽見了他發動小貨車揚長而去的聲音。

而我，還在這屋子裡頭，且美華鎖上了門。

「美華，妳怎麼了？妳冷靜點……」我害怕地問。

美華看了我一眼，嘴裡還碎碎唸著，經過了我的身旁，往廚房方向走。

我來到門邊，搖了搖門把，果然是鎖上的，鑰匙在美華身上。

而原先和我一樣驚訝的小林，此時卻靜靜坐在沙發上看著電視，似乎事不關己，還向美華招呼了幾聲：「阿森今天留下來吃晚餐，妳好好準備一下。」

「你不會來幫忙嗎？只會唸唸唸，王八蛋！」美華猛然回頭，尖聲怒罵著。小林回罵幾句，繼續看他的電視。

客廳的燈光不知怎的，看起來青森森的。我緩緩移動著腳步來到窗戶旁，玻璃窗戶要打破不難，但是外頭還有一根一根的鐵窗欄杆，我出不去。

我看著小林側臉，他的神情和剛剛又有些不同，又回復到昨晚那陰森模樣，和昨天不同的是，此時的美華也變成了那古怪模樣。

我遍體生寒，巨大的恐懼壓得我雙腿發軟。

我痛恨自己的後知後覺，他們夫妻倆都有問題，昨夜我見著了一雙女人的腿，和那粗暴男人，明明是兩個，原來美華跟小林都讓屋子裡的怨靈給迷了魂，有時會正常地說話，但不正常的時候，便像這樣異樣地嚇人。

兩個人和我述說對方的不是，都是出自於片面的感受，此時此刻，在我的腦海當中，完整的畫面終於浮現——一對受了惡靈影響的年輕夫妻，互相憤恨著對方，一人挑剔吵鬧，另一人便凶惡還擊。他倆在賣場裡的情形，自然是一個調戲婦人，欺負娃娃，另一個發瘋叫囂，兩人搶奪推擠亂扒著賣場商品；在自助餐店中，也是一個胡亂挾菜，一個大吵大罵。

誰也不委屈，或者兩人都很委屈。

而此時，他們同時發作，同時鬼上身。

美華從冰箱拿出那些置放許久，已經腐壞了的菜餚，緩慢料理著，嘴裡喃喃唸叨，有時會發出尖叫和怒罵，偶爾看我兩眼，我都會趕緊撇開頭，不讓自己的目光和她對上。

「吵死了，閉嘴！」小林也不時會怒吼幾句，暴躁地看著電視。

我就在這樣驚恐詭異的氣氛中坐上了餐桌，努力使自己冷靜。小林坐在我的對面，冷冷地扒著飯，有時會和我聊兩句，說些我沒聽過的人和事。

美華也緩慢扒著飯，一點也不吃盤中的菜。

我也只扒著飯，五盤菜都發出了濃厚的餿味，似乎是一再加熱卻沒有吃完，也不知小林和美華這樣吃幾餐了。

小林挾了塊黑漆漆的肉塊，在鼻子前嗅了嗅，埋怨起來：「怎麼有股臭味？」

小林的抱怨聲愈加地大，到後頭幾乎變成了怒罵，美華也大力拍著桌子，大聲駁斥著一些「你怎麼不自己做」、「就只會唸」這樣的話。

餐桌上方燈光隨著小林和美華的爭吵聲閃動，窗外的雨下得更大了，雷聲也不時暴起。

「死不認錯的賤人！阿森，你來聞聞！有沒有臭味？」小林猛一拍桌，將那肉塊挾到了我的面前。我正扒著飯，讓小林嚇得停下動作。美華神情冰冷地瞪著我，小林則咬牙切齒，一口咬定這肉是臭的。

「唔，嗯……這陣子變天，我鼻炎又發作了，鼻塞得很嚴重……」事實上菜才端上來我就聞到了臭味，但此時無論如何我也說不出口，只能這樣解釋。

小林將那肉塊放入我的碗裡，又挾了幾塊肉來。美華也挾了一團黏在一起、變成褐黃色的青菜到我碗裡。

正當我不知所措的時候，廚房的燈光陡然暗了下來，像是燒壞一般，客廳的燈也開始閃爍，漸漸暗去。

我隱約見到小林和美華的眼中，流露出一種恐怖的怨毒。

我打了個寒顫，強忍著腐臭味道，挾起一塊肉塊放入口中，但我登時吐了，那肉腐壞得嚴重，臭味嗆得可怕。

小林低下頭扒起飯，美華站了起來，往廚房走去，燈光昏暗，我見到她在流理台上四處摸著，摸出了一柄水果刀。

「有這麼難吃嗎……有這麼難吃嗎……」美華向我走來，喃喃自語的聲音越來越大，變成了一種向我質問的口氣。

我連忙站起，見美華沒有緩下動作，握著水果刀的手也更加抬高，趕緊轉身逃跑。美華撲了上來，一刀揮下，劃過我的後背，我只覺得背上一疼，讓美華劃出了條淺淺的口子，血染紅了襯衫。

我顧不得那麼多，急急跑上二樓，依稀還聽見底下小林和美華的爭吵聲：「妳做什麼，瘋婆子，妳想殺人嗎？」「你懂個屁，滾開！」

我在二樓四處奔跑，每一扇窗外都有鐵窗欄杆，二樓的黯淡燈光更加陰森可怕，美華的腳步聲咚咚咚地傳了上來。

突然一陣暈眩，四周景象不停變化，忽紅忽黃的影像若隱若現，我這才終於肯定了昨夜那離奇經過不是夢境。

朦朧恍惚之中，美華一步步走了上來，握著水果刀，將我逼進狹長廊道，眼神凌厲嚇人，嘴巴喃喃唸著：「是你……是你……你嘴那麼挑，我割下你的嘴，割下你的嘴……」

我害怕至極，摸著牆壁往後頭退，美華一步步逼了過來。

陡然手邊一空，我跌入那恐怖的小房間中，我頭痛欲裂，恍惚之間推著小櫃擋住了門，接著無力地跌坐在地上，只聽見門外傳來了激烈的敲門聲。

四周陰森可怕，突然有個矮小身影閃過我的眼前，外頭的爭吵聲逐漸小了。

「外婆？」我回過神，輕聲問著。

我撐著身子站起，燈光昏黃，我翻動皮包，摸出了那小符包和小紅包，我將小符包掛在脖子上，將裝有外婆手尾錢的小紅包緊緊握在手中，總算使自己鎮定了些，我挪了挪小櫃子，又搬動了另外兩個小櫃子擋在門邊。

突然四周起了風，窗簾搖動，地上的灰塵和一些垃圾讓風吹得狂飛，我揮著手，只見到那讓風吹掀了布簾的窗上，寫著深褐色的字十分嚇人。

隨著窗外雷聲閃動，一個陌生女人臉孔浮上了窗，我嚇得撞在門邊的小櫃上，不可自抑地大叫著，那女人的眼神是那樣怨毒，像是和我有深仇大恨一般。

女人穿過窗，步入小房間裡，她身穿睡袍，腿上有些破口和斑斑血跡。

女人一步一步朝我走來，我隱約感到一個矮小的灰影自我身邊閃來，攔住了她，灰影和女人似乎爭執著，女人張大了口，口中淌出可怕的血汁，一把一把地抓著那矮小灰影，矮小灰影也不甘示弱，且似乎比那女人更加凶烈，發出了更爲可怕的尖嚎聲。

我心中突然升起一股激憤，四處摸找，最後從小櫃中抽出一只抽屜，一把朝那女人砸去。

抽屜帶著我的怒氣穿過了女人身子，砸在那漆黑的窗子上，匡啷一聲砸破了窗，窗外的風吹了進來，布幔掀動得更加激烈。

紙片亂捲，那些都是原先抽屜中的東西，一張一張的照片落了下來。

女人尖叫怒嚎著，讓那蒼老灰影揪著頭髮，甩出了窗外。

我怔怔看著那蒼老灰影，幾張照片落在我腳邊，人形灰影愈漸清晰，我蹲下，撿拾這些照片。照片上頭有男有女，應該就是這舊屋子原先的男女主人，女主人臉上全給畫滿了黑色的筆畫，上頭寫了滿滿怨毒的字眼。

我瞥見一張照片，打起了寒顫。那張照片上有三個人，男主人、臉上給畫得漆黑的女主人，和一個老太婆。

我緩緩地抬起了頭，眼前的灰影身著破布褲子，一雙枯朽的腳露在褲子外頭，我沒有勇氣抬頭去看，只能不斷地將身子往後頭退，往牆邊縮，不時看看相片中的老人。

一雙枯朽的老手，緩緩朝我的脖子舉來。

她不是我外婆，這房子中，有第三個凶靈。

她不是要救我，而是要霸占我的身子，和男女主人，霸占小林與美華一般。

我的脖子陡然緊縮，我只能緊閉起眼睛，不敢看那蒼老灰影，只是在閉眼的剎那，仍然見到了一張全然陌生的老人臉孔，和一雙怨毒的血紅眼睛。

我漸漸昏厥，四周的景象更加通紅了。

□

通紅的景象，沒有風也沒有雨，房間裡頭亮澄澄的，窗戶也乾乾淨淨，但我揉著雙腿，掀起褲子看看，一雙老腿上滿是瘀青痕跡。

樓下有著激烈的爭吵聲，我似乎能夠明白那是什麼情形，男人喝了酒，大聲吵鬧著，女人潑辣，激烈抗爭回罵著。

一聲好響的關門聲，男人走了，女人往二樓來。

不知怎的，我覺得一股強烈的恐懼充滿了整個胸膛，我蜷縮著身子，用被子將身子蓋住。碰一聲，房間的門開了，女人進來，將一盤飯菜甩在床上，菜汁染了整張床鋪和被子。怒氣取代了恐懼，我憤然起身，指著她罵，女人更加地生氣，一巴掌招呼到我的臉上。我倆互相抓著對方頭髮，女人的力氣比我大了許多，我顯得蒼老衰弱，很快地沒了力氣，任由她拽我的頭髮，擰捏我的大腿。

我沙啞地哭著、哭著。

時間流逝得很快，一天一天地過去，樓下不時有爭吵聲，男人好幾天才回家一次，回了家就是爭吵打罵；女人老是勾搭男人，時常帶著她的姘頭回家取樂。

我幾乎不下樓，因為下了樓就要被女人怒罵，她平時冷冰冰的，也會拿些剩菜剩飯給我，但只要和男人吵架，一肚子氣便全出在我頭上。

這一次，男人和女人一陣大吵之後，男人兩個禮拜沒有回家，女人的言詞一天比一天尖酸刻薄，也打了我好幾次，我一口牙全掉光了，女人送來的食物卻常是堅硬冰冷的東西。

有一天，女人將我房內的燈塗得漆黑，還將房門鎖上了，僅從房門上頭的小氣窗扔些腐壞的臭東西給我吃。

我出不了房門，連大小便都只能在房裡解決，我哀悽、怨恨、悲傷到了極點，每日每夜喃喃咒罵著。我咬破了自己的手指，在玻璃窗戶上寫下了鮮紅色的仇恨，全是這女人的壞話，和一些咒罵她的話，寫滿了整扇窗戶。

跟著，女人連食物也不扔了，我也虛弱無力到了極點。我看著漆黑的窗戶，那是女人潑的黑漆，她在外頭見到窗戶上的字，便用黑漆潑黑整扇窗子，也斷絕了我和外頭唯一的聯繫。

在我快要死去的同時，女人還在隔壁房裡，和她姘頭相好著。

一身酒氣的男人回來了，發現了女人的姦情，發生了激烈的爭吵，男人還打開我的房門，一見裡頭慘樣，更加地生氣了。

我慢慢地爬，爬出了房門，見到男人正狠狠揍著女人的姘頭，女人則抓咬著男人。她的姘頭似乎不知道女人有老公，在粗獷男人的猛烈毆擊下，漸漸無力還擊，倒臥在血泊當中。

女人見相好倒地不起，憤恨得發狂吼叫，從懷中取出一柄水果刀，一刀刺入男人的小腹。

我張大了口，要去救男人，我雖然也恨他的荒唐和不成材，但我仍不願他死，我用我最後的力氣守護著他，我一雙枯朽的雙腿站了起來，撲向女人，搥打著她。

女人一把將我推開，天旋地轉，我順著樓梯跌下，不停地滾動，我的頭撞擊在階梯上，掀起的金屬止滑片刮去了我一把頭髮。

男人大聲吼叫著，揪住了女人頭髮，猛朝牆壁撞，我癱在地上，怔怔看著這天下間最荒謬的悲劇。男人摀著小腹，惡狠狠地衝下樓，往廚房走去。

女人給撞得滿頭是血，緩緩站了起來，在地上四處摸著，摸回了尖刀，咬牙切齒地一步一步走下樓，什麼話也不講，神情和夜叉一般，喀喀的樓梯聲清楚得嚇人。

男人再度走來，手上是一柄菜刀，滿手是血地按在那扶手上。

兩人都失去了人性，這對凶暴的男女不約而同地發出尖吼，朝對方撲去。

我漸漸失去了意識。

□

「阿森……」

熟悉的聲音閃過我的耳邊，我陡然清醒許多，這才發現自己正抬著腳步，一步一步往樓下走去。

沉重的腳步聲踩得樓梯喀喀作響，我對整件事的來龍去脈差不多明白了——

那老太婆和男人是母子，和女人是婆媳。男人粗暴，動輒飲酒打老婆，但女人也不是省油的燈，不僅潑辣，且受了氣便會虐待婆婆，更會帶其他男人回家亂搞。

窗上的字是老太婆受虐之餘寫下的怨恨語句，女人則在窗外塗上黑漆掩蓋。

最後這一家三口，便在慘烈的一夜惡鬥中相繼死去，經過許多年，房子一次次轉手，最後被小林和美華買下，喚醒了昔日的厲鬼冤魂。

這些日子下來，美華有時讓老太婆上了身，便會在窗戶上寫些不堪字眼，女人便上了小林的身，將窗戶塗上黑漆；而小林有時也會被男人上身，行爲舉止變得粗暴；美華昨夜對我有些曖昧的言行，或許便是受了女人冤魂的影響。

我一步一步向下踏著，總算明白種種經過，但手和腳卻不聽使喚，我的腦中同時還有另一股聲音，另一股情緒，是累積許久的怨和恨。

這是因爲那老太婆上了我的身。

我見到小林坐在黑漆漆的客廳中，一語不發地看著前方收訊不良的電視。

美華靜默坐在餐桌旁，桌上破盤破碗散了整桌。我剛下樓，便和美華的眼神對上，她露出了深深的恨意，卻沒有進一步的行動，或許是和坐在客廳的小林有關吧。

時針一點一滴地走著，美華喃喃唸著一些咒罵的話語，悲劇似乎將要重演。

我佇在一角不發一語，正覺得奇怪，自己既然被鬼上了身，卻仍保有清醒的神態，這又是爲什麼？

我的手機響起，一陣一陣急促地響，就在我褲子口袋裡，我卻無法伸手去接。本來靜默的緊張氣氛似乎被我的手機聲所刺激，美華和小林不約而同站了起來，凝視著對方。

我在他們的臉上，隱約可見到附在他們身上的那對怨偶凶魂，他們雙手各自緩緩舉起，往我這兒走來。

而我竟也緩緩舉起了手，向他們走去。

我們三個人的手，互相搭上了對方的頸子。我突然感到一陣窒息，小林和美華的手緊緊箍住了我的頸子，同時，我也發覺我的雙手更爲用力地掐著小林和美華，而他們互相之間，也以一隻手掐著對方。

美華恨恨看著我，再看看小林，小林則是咬牙切齒地怒視著美華，我們這樣的舉動既是和替身交接，也是對於彼此之間的復仇。

「不……不……」我發出了呻吟，覺得手掌上有股熱燙，這樣的熱燙使我清醒了些，我突然一個鬆手，將掐住美華頸子的手收了回來。

我的手發著抖，美華和小林同時看著我，都加重了手上的力道。

我抽回那隻恢復控制的手，使勁扳扯美華掐著我的手，將她的手拉了開來。美華似乎也感受到我手掌上的熱燙，不再掐我，而是將空閒了的那隻手，掐上了小林的頸子。

我大叫一聲，一拳打在小林掐著我的手，將他的手打開。我大口喘著氣，連退了好幾步，看了看那隻發著熱燙的手，只見掌心上沾著那只裝有外婆手尾錢的小紅包，我一直帶在身上，不知怎地來到手中。

我才看兩眼，突然感到一陣暈眩，有個東西在我身體裡不停衝撞著，最後從我的眼耳口鼻竄了出來。

我一下子清醒過來，四肢全能動了。小林和美華正互相掐著，更無閒暇看我。我拿起手機想要報警，這才發現手機鈴聲持續響著，來電顯示是我大姨。

「大姨，救我！」我按下了通話鍵尖叫著。

大姨的反應也是驚愕莫名：「阿森！眞的出事了？我神壇上的香一下子全斷了，不管點幾根全都只燒一點就熄滅，我擲了好幾次筊杯才問到是你出了事，你外婆催得好急！我現在在外頭，正要叫車北上找你，你在哪邊？」

「我兩個朋友互相掐著對方，他們身上附著厲鬼，怎麼辦？怎麼辦？」我大聲吼著。四周又颳起了烈風，一個蒼老的影子四處亂竄，是那個受虐老太婆，帶著滿腔怨氣，她找上我當替身，卻被逼出身體。

灰影朝我竄來，我捏著小紅包揮拳抵擋，連連後退。

大姨急忙回應著：「阿森，快唸咒語，快跟著我唸咒語！」

「什麼咒語？我不會！」我聽著大姨嘰哩咕嚕地唸著咒語，一點也學不起來，胡亂照著唸了兩句，一點效果也沒有。

小林發出低吼，美華的臉色開始發白，漸漸轉青，嘴巴冒出了白色泡沫。

「住手！」我衝了上去，將手機按在美華的耳朵上，讓大姨的咒語透過手機，直接鑽入美華的耳朵。

「呀！」美華一聲尖叫，雙手胡亂揮動，打開了小林的掐擊。我拉著美華後退。美華癱軟倒下，隨即醒了過來，不停地咳嗽，連連問著：「阿森……是你……阿森，發生了什麼事？啊呀！老公，老公！」

我扶著美華艱難地站了起來，只見到在客廳亂竄的灰影又增加了一個，是讓大姨咒語趕出美華身子的女人怨魂。

兩個怨魂不停亂竄，先是在客廳對峙半晌，跟著分別向我們逼來。

小林緩緩走近我和美華，臉上的神情轉趨凶烈，惡狠狠地說：「狗男女……狗男女……」

「鑰匙，快把鑰匙拿出來！」我催促著美華，美華慌忙得不知所措，我大聲解釋：「鑰匙，妳身上有大門的鑰匙，快拿出來開門！」

美華這才找了起來。好幾次那凶惡女人瘋烈地撲來要重新上美華的身，都讓我捏著熱燙小紅包揮拳逼開。

「怎麼辦？怎麼辦！」我大聲問著。

手機那頭傳來大姨急切的聲音：「不要怕，阿森，大姨幫你作了法，燒了一堆紙錢上天，神明會保佑你，跟我唸咒，專心唸咒！」

小林大吼一聲，撲了過來，將我的手機撞落在地，隨即一腳踩下，將手機踩得四分五裂。

「啊啊！」我感到一陣絕望，牽起美華往門口跑，美華總算找著了鑰匙，衝到門邊開門。

我擋在美華和小林之間，高舉著手上的小紅包，看著四面八方亂飛亂竄的人影。

小林撲了上來，我揮動小紅包相迎，被小林一把抓住，扯了個稀爛。

裡頭十幾枚銅板四散，碰著小林的手腕和身子，他吼叫一聲，像是給熱鐵燙著了一般，登時癱軟倒地，哀號呻吟，語氣不再凶惡沙啞，似乎鬼已離身。

「小林！小林！」我喊著小林，一面撿拾地上的銅板，還將其中幾枚塞到小林手中，免得他又被惡鬼附身。「握著這些銅板，別放開！」

後頭，美華終於打開門，門外站著的正是那男人怨靈。

我還來不及將銅板分給美華，她便再次遭那男人附身。

她轉過身來，眼睛發出青森的光芒，瞳孔縮成了一個黑點，口一張，瀰漫著陣陣黑氣。

我和小林感到一陣暈眩，那對婆媳怨靈分別抓著我們的背，要往我們身上擠，但我們緊握著手中銅板，一枚枚銅板散發出濃厚的熱氣，那是充滿了愛與不捨的祝福，和那對婆媳怨靈一身怨毒詛咒形成強烈對比。

「老天！這到底怎麼回事？」小林大吼著，伸手要去拉美華，美華卻冷冷走過我和小林身邊，獨自往二樓走。

「老婆，老婆！」小林大叫著，好不容易轉過身，卻舉步艱難，女人怨靈緊抓住他不放。我看了看大門，離我不遠，要是能逃出去，依照大姨的說法，這些死守舊屋的怨靈便不會再繼續糾纏下去。

「小林，我們先退出去，找人求救！」我抓著小林的胳臂大喊，小林猶豫看著美華，美華動作也慢，一步一步走向樓梯。

「哇──」小林大叫著，那女人的怨靈幾乎就要鑽進他的背。我奮力一拉，將小林拉得更靠近我些，同時一步步往門口走。

小林齜牙咧嘴地叫，我抓著手上銅板，往小林背上按去。只這麼一按，小林似乎鬆了口氣，那女人怨靈彈出了他的身子，悲憤怒嚎著，揮動爪子向我抓來。

我只覺得背後又麻又癢，那老太婆就要上了我的身。除此之外，女人怨靈五指硬直伸長，一巴掌打來，我只感到臉上一陣熱辣，痛得彎下了腰。

「阿森，你有沒有怎樣？」小林透了口氣，換成他拉著我的胳臂往外退。

我摀著臉，那女人怨靈張開了口，朝我的臉吐出一團烏青黑氣，是滿滿的怨恨。

我頓覺天旋地轉，一團團紅色景象在眼前亂飄，一陣陣的熱辣腥臭鑽入我的四肢軀殼。猩紅景象之中，男人恨怒地毆打她、男人舉著菜刀一刀一刀地劈砍著她。

突然，一雙灰色錦袍袖子自我的背後伸出，袖口透出的手滿布皺紋，還戴了個翠綠玉鐲。

「哇——」我大吼出聲，突然覺得沒那樣難受了。

這雙手揮散了女人怨靈吐出來的怨毒氣息，擋下了女人怨靈揮來的僵硬爪子，還抓住那老太婆的枯手，將她揪出我的身子。

我覺得身子登時放鬆了些，依稀還感覺得到小林奮力地拖著我往外逃。

四周景象仍不停變化著，原先的猩紅熱辣變成了靛藍清涼的風，風吹拂過我的臉和身子，我聽見了清晨賣豆花的小攤販經過眷村小屋時發出的叫賣聲，有隻花貓躍過了門口，四周有表弟表妹的嬉鬧聲。

灰色袖子的手分發一碗碗買來的豆花，桌上還有幾碟家常小菜，粗糙寒酸，但很好吃，喜悅和溫暖充斥了我整個胸膛。我慢慢抬頭，從那雙灰色袖子的手往上看去，景象漸漸模糊，亮白色的光芒蓋過了全部。

在極短暫的瞬間，我依稀見到了那個熟悉的笑容。

「外婆……」我陡然驚醒，伸手亂抓，抓到的是小林的手，四周還下著雨，小林已將我拖出屋外，到了院子。

「阿森、阿森，你醒了！」小林拍打著我的臉，見我總算醒來，這才停下手，將我扶了起來。我抹去摻雜著雨水的淚痕，重重喘著氣。

「怎麼辦？美華還在裡面！」小林扯著頭髮尖叫，好幾次想衝進去，都被我攔了下來。

「鎮定點！我們去找電話，我大姨快要到了！」我拖著小林，兩個大男人在雨中奔跑了好久，總算在這偏僻市郊找著一家便利商店。

我利用便利商店外的公用電話，和大姨聯繫。她說自己已經到達新北，叫了輛計程車，正往這兒趕來。

06 熟悉的玉鐲子

我和小林佇在便利商店前發呆，店內冰冷的光芒映在我們背上，店員懶洋洋地打著哈欠。

我透過便利商店玻璃的反光，見到了我的臉上從左耳部分一直到右邊下巴，有五道長短不一的紅腫印子。是那女人怨靈在我臉上扒出來的痕跡，我摸了摸那痕跡，像是給藤條打的一樣，十分疼痛。

我趁著這空檔，將美華找我求救、我本來的打算，一直到在那小房間中迷迷糊糊見到的過往景象、三個怨靈的由來推斷，全都告訴了小林。

小林聽著我的敘述，不停抓扒頭髮，焦躁不安地看著手錶，好幾次打斷我的話，想轉身就往家的方向衝。

「美華還在裡頭，我不該……不該逃出來的……」小林眼神空洞，咬牙切齒地說：「不行！我要回去救她出來，她一向怕鬼，現在卻一個人待在有三個鬼的屋子裡，我得去救她！」

小林說著說著又想自個兒回去，我一把拉住他：「冷靜點！你仔細想想，你打得過鬼嗎？你現在回去也只是多一個被鬼上身的傢伙而已，反而增加待會我和大姨去救美華的難度啊！」

我試圖用小林一聽就懂的方式說明：「我大姨懂抓鬼，她就快來了！三個救一個和兩個救兩個，哪一個成功機率比較大？」

身為程式設計師的小林腦袋本來就比我好，聽了我這樣解釋，總算冷靜下來，但仍掩飾不住心中擔憂，不停地踱步看錶。

「阿森，不管怎樣，謝謝你！」小林突然站了起來，摸著鼻子，用有些愧疚的語氣對我說：「老實說，你以前和我一樣喜歡美華，大家都知道的，這次聽說你來，我心裡還眞有點疙瘩，或許是這種心理，那個男人鬼，才能這麼容易控制我吧……」

「哪裡的話，老朋友了。」我拍了拍小林的肩，也感到一絲愧疚。

想起自己剛和美華見面時所刻意表現出來的紳士模樣，也只是為了想要證明現在的我比小林更為優秀，這種心態不免有些小心眼兒。

數十分鐘的等待彷彿有好幾年那麼長，大姨所乘的計程車總算找著了這家便利商店。

大姨撐著傘，提著個大旅行箱，匆匆忙忙地付了車資，下車。

「阿森吶，你的臉怎麼回事？嘩！你們兩個印堂黑得嚇人吶！」我大姨連連揮手，在我和小林額頭前胡亂比劃著手印，也不知是眞的看出異樣還是她的職業病。

「你們逃出來了？趕快走吧，我在車上打瞌睡，一閉上眼就見到你外婆，她催得好急，我好擔心！」大姨將大旅行箱拉進便利商店屋簷下，揭開，裡頭裝著稀奇古怪的各式符籙、小神像、八卦鏡之類的東西。

她掏出一大把符包、繩結吊飾等東西，要我和小林掛在脖子上。

「大姨，我朋友老婆還受困在屋子裡，妳一定要救救她！」我將一串串符籙墜飾往頸上掛，一面這麼說。

「坦白和你說好了，你大姨我的道行只有那麼一丁點，我怕能力不夠吶！」大姨猶豫說著，還用大拇指和食指捏出了個「一丁點」的手勢。

「大姨啊，現在情勢緊急，要是妳見死不救，讓神明知道了說不定將妳的一丁點道行也給沒收，到時候妳就沒飯吃啦！」我也比出了「一丁點」的手勢。

「臭小子，烏鴉嘴！好吧，把這些也給我通通戴上。」大姨又掏出了一把佛珠、手環之類的東西，同樣要我們戴上。

「未免太多了吧！」我這樣說著，但還是聽話乖乖將大姨遞來的佛珠、手環等等東西全戴上，頸子、雙手都戴得滿滿的。

「沒辦法，你大姨我也不知道到底哪些才有法力，通通戴上比較保險，總有一兩個是有效的。」大姨這麼說著，自個兒也掛了十幾條符籙墜飾到頸子上。

我還將外婆的手尾錢，也順手包進了頸上的符包之中。

較爲機伶的小林，則上便利商店買了手電筒和雨傘，手電筒是用來照明的，因爲惡靈能夠影響他家的燈光；雨傘則是用來遮雨，以免身上一堆符包全給雨淋濕了。

「走吧！」大姨揮了揮手，拖著那有輪旅行箱，三人打開傘，浩浩蕩蕩地往小林家前進。

雨勢漸漸變小，我們收去傘，回到了那獨棟二層透天厝外。

大姨一見這瀰漫邪氣的透天厝，臉色丕變，顯得恐懼不安，連連唸著經文佛號。我和小林的心臟撲通撲通跳著，一前一後，各自拿了一支手電筒，推開那半掩的門。

「你們小心吶，別莽莽撞撞的！」大姨大聲提醒著，從旅行箱中挖出了一尊神像和一面八卦鏡給我們。

我捧著那尊奇形怪狀的神像，小林手持八卦鏡，大姨則左手拿了柄金錢劍，右手拿了根拂塵，看來她所有法寶全都出籠了。

我和小林按開手電筒，進入屋內，大姨跟在後頭壓陣。

「美華！美華！」我和小林高聲喊著，小林伸手開了電燈，一點動靜也沒有。

陰陰暗暗的二樓樓梯口，微微泛著青森森的光芒。小林想到受困許久的美華，鼓起勇氣，往上走去，我和大姨立時跟上。

二樓更爲陰暗，我們三人緩緩朝那小房間逼近，只聽見小房間傳出了惡鬼的呻吟聲。

「美華！」我和小林來到小房間外頭，看見裡頭模樣，都發出了驚叫聲。

美華直挺挺地立在小房間離地三十公分處，頭髮飄揚，眼神凌厲，口唇烏黑，周身都瀰漫著青黑光氣，她的表情不停地變化，一會兒暴戾、一會兒陰沉、一會兒怨毒、一會兒悲憤。

「三個！三個都在她身上！」大姨尖叫著，揮動拂塵唸咒。

美華聽見房外騷動，朝我們怒瞪一眼，嚇得我們連退好幾步。她的動作快如閃電，倏地鑽出房，凶狠撲來，單手掐著大姨頸子，將大姨壓撞到廊道牆上。

「美華！醒醒！」我和小林慌亂中，上前和美華拉扯糾纏，她掐著大姨的手有如鐵臂，怎麼都扳不動，另一手幾巴掌將我和小林手中的八卦鏡跟手電筒都打落滾遠。

但當她打落我手中神像時，我陡然聽見美華身中發出悶吭，神像落地，摔裂數片，偏偏一顆神像腦袋沒破。

大姨的臉漲得通紅，就要透不過氣來。

我連忙彎腰撿起那神像腦袋，往美華臉上湊去，見到她似乎對那神像腦袋有些忌諱，索性將神像腦袋貼上她臉龐。「快放手，我大姨快不能呼吸了！」

美華像是觸電般尖叫起來，腦袋胡亂掙扎亂甩。

小林手電筒和八卦鏡都被打落，便繞到美華背後，自後摟著她，挺胸將胸前那堆符包吊飾緊緊壓上美華後背。

我手上的神像腦袋，加上我倆身上一堆又雜又亂的符籙法器當中，或許眞有幾樣發揮了作用，美華顫抖哀號，雙手漸漸無力，終於鬆手放開大姨。

大姨不停嗆咳著，倒握金錢劍，結出了個手印按在美華額上，只見到美華臉上浮現出三個怨靈的臉孔，怨靈憤恨吼叫，美華不停掙扎，小林死命抱著她不放，我緊抓美華兩隻手，大姨的手印也絲毫不鬆手，還不停大聲唸著經文。

美華張大口，發出了淒厲慘叫。

那女人怨靈第一個給逼出，在四周不停打轉，伺機要反撲，這逼得我們三人其中一人，必須要分心抵擋女人怨靈。

「別過來，滾開、滾開！」我舉著神像腦袋，迎向那女人怨靈，另一手也胡亂揮動佛珠和手飾，發出一陣叮鈴噹啷的聲音。

女人怨靈朝我撲來。

我舉起神像腦袋想擋，被女人怨靈一巴掌打落，摔在牆上砸了個粉碎。我強忍右手痠痛，大力揮動手上佛珠、晃動胸前一串串符籙墜飾，仍被女人怨靈掐住頸子，按倒在地。

我猜我身上這堆符籙當眞起了作用，女人怨靈的力氣比我想像中小些，一時掐不暈我，也上不了我的身。

混亂中，我見到身旁牆壁亮晃晃的，那是滾落牆邊的手電筒射在牆上的光，同時，牆邊還遺落剛剛小林被打落的八卦鏡，鏡上摔出幾條裂痕。我想不了那麼多，摸起八卦鏡就往女人怨靈臉上按，但她沒有太大反應，似乎不怎麼怕這八卦鏡。

下一刻，戴著翠玉手鐲的老邁雙手平空伸出，揪著我舉八卦鏡的手，往上抬高幾吋，八卦鏡亮了亮。

女人怨靈尖叫一聲，掐我的力氣瞬間減弱許多。

我陡然會意，怨靈不怕八卦鏡，卻怕八卦鏡倒映出的光。

「謝謝妳，外婆！」我奮力舉起八卦鏡，湊上牆上光源，轉動八卦鏡角度，讓更多反光映在女鬼臉上，她終於鬆手放開我。

她放開沒兩秒，又不甘心地想要撲來，但我已經坐起，反握著手電筒照射舉在胸前的八卦鏡，直接反射出強光照她。

女人怨靈被這八卦鏡光芒映亮滿臉，尖聲嚎叫地逃竄老遠，還留下一股焦臭味道。

我嗆咳著，頸子又腫又痛，轉頭去看大姨那頭情況，只見婆婆怨靈也已離體，正攀著大姨身子，甩出長舌，要往她臉上舔。

我立時將八卦鏡轉向，反射手電筒光芒，往大姨照去，攀在大姨身上的婆婆怨靈那條濡濕長舌立時被燒出幾道破口，她淒厲哀號起來，轉眼飛竄上天花板，不見影蹤。

美華的力道小了許多，小林汗流浹背地仍緊抱她不放。

大姨繼續唸咒，但那男人怨靈比起婆媳更爲難纏，美華兩眼翻白，口唇烏黑乾裂，斗大的汗珠自她頭臉落下，喉間發出了喀喀的聲響。

我三步併作兩步趕去幫忙，用同樣的方法，將八卦鏡的光芒反射在美華臉上，美華發出了極其淒厲的叫聲，聲音中夾雜了男人怨靈的怒吼聲。

四周陰風亂捲，讓八卦鏡光芒照得發焦的女人怨靈已經不知躲去哪兒了，但那婆婆怨靈仍不停地在四周游移，突然自地板探出身子，一口咬住小林的腳。

「哇！」小林又驚又痛，那婆婆怨靈的模樣看來也十分恐怖，舌頭有十幾吋長，腦袋凹了一個大坑。我依稀記得被這婆婆怨靈上身時，曾經見到她讓女人推下樓，腦袋在階梯上撞了好幾下的景象。

我變化光照方向，將八卦鏡反射光芒直接照在婆婆怨靈臉上，一陣濃烈的焦臭味道陡然竄起，婆婆怨靈臉孔轉眼變得焦黑，連眼瞳、伸出口的長舌，都一起焦了。

婆婆怨靈尖叫著，鬆開口，一下子不見了。

大姨用盡全身力氣，大聲唸著咒語，扔棄那不中用的拂塵和金錢劍，扯下了幾個掛在頸間的符包抓在手上，忽地一巴掌打在美華臉頰上。

美華哇的一聲哭叫，癱軟倒地。

「老婆，老婆！」小林使勁搖著美華的肩，她已經暈死過去。我探頭去看，美華的臉色恢復了些許人氣，口唇雖然裂開，卻也漸漸恢復暈紅，不再是那可怖的墨黑了。

「好了！走，快走！」大姨大喘好幾口氣，扶著扭了的腰，催促大家離開。

小林抱起美華，大姨在一旁攙扶著，我端著八卦鏡，撿起另一支手電筒，兩支一同發光照向八卦鏡，放出閃亮反射光芒掩護大家離開。

四周鬼氣森森，壁面隱約透出殷紅血色，那男人怨靈的憤恨比我們想像中還要大，他不甘心讓我們就這樣離開。

我們一步步地下樓，四周都傳出了尖銳淒厲的吼叫聲，燈光陡然亮起，又旋即復滅，一閃一閃好不嚇人。

大姨嗓子啞得厲害，喉部也有方才讓美華掐得青紫的印子，仍大聲誦唸咒語，艱辛地和厲鬼嘯聲抗衡著。

我們好不容易下了樓，一個全身浴血的高壯男人張開手臂，攔在客廳中央，擋住我們去路，是那男人怨靈，大姨的誦經聲使他更爲狂暴，眼神中滿是血絲和怨恨。

「逃出去就好了!出去就沒事了!」大姨這麼喊，帶著我上前開路。

男人怨靈跨開大步衝來，倏地撞倒大姨，還一把抓住了大姨腳踝。我舉八卦鏡反射光芒照去，掃過那男人怨靈的手，他的手腕處立時焦黑斷裂，斷手還未落地便化成了焦灰，男人發出一聲尖吼，退開老遠。

我扶起大姨，舉著八卦鏡、挾著手電筒，拚了命地往外逃。

一陣鬼影逼近，那婆媳怨靈和男人怨靈一齊衝來，不願放過我們。

混亂之中，我兩支手電筒接連落地，一聲聲尖叫此起彼落，小林抱著美華先撲出門外，我拖著大姨也退出大門。

此時的天色已不再是嚇人的漆黑，遠方山邊隱約可見淡淡紫色，天要亮了。

六隻鬼手伸出門外，緊抓著大姨左腿不放。

「快沒事了，等天亮就沒事了……」大姨連連咳嗽，一手指天，一手指地，大聲唸出咒語。

三個怨靈發出了極其淒厲的叫聲，憤恨著到口的肥羊即將逃脫，不甘心地要往外頭擠，但似乎有種力量牽扯著他們，使他們無法離開這間屋子。

儘管如此，他們還是擠出了半邊身子，說什麼也不放開大姨左腿。

甚至反過來將大姨一吋一吋往屋裡拖。

我拉著大姨往外拖，小林也趕來幫忙，我倆一面拉著大姨，一面摘下身上佛珠符籙，往三個硬卡在門口的厲鬼臉上扔。

三個怨靈被一串串佛珠符籙砸臉，變得更凶更惡，上身探得更出來，那男人怨靈一雙手甚至抓上大姨的腰，要往她臉上扒，大姨驚恐地大聲唸咒。

陡然之間，大姨停下聲，瞪大雙眼望著頭頂上方。

「媽？」

隨著大姨這聲叫喊，男人怨靈左臉頰上炸出好亮一聲響，腦袋唰地向右一偏，像是挨了一記沉重耳光。

男人怨靈讓這記巴掌打得向後退縮些許，神情猶自猙獰，第二記巴掌在他右臉炸開，將他腦袋打得往左偏去。

我和小林瞪大眼睛，隱約見到大姨身子上方，飄浮著一個半身人形。

那人形熟悉而溫暖，左手扠腰，右手高揚，腕上的翠玉鐲子在逐漸發白的空中拖曳著盈盈綠光，綠光來回飛梭搖曳，三個怨靈激烈地搖頭晃腦，清脆的巴掌聲不斷在空中響起。

三個怨靈總算受不了這一記記沉重耳光，六隻手終於鬆開，身子退回屋裡。

我和小林連忙將大姨拖遠，再回頭看，那玉鐲老手和浮空人形已經不見影蹤。

美華漸漸醒來，小林連忙趕去安撫，我們四人呆坐在院子好半晌，見到天色漸漸翻白，終於，天亮了。

07 落幕

晴空朗朗，我站在外婆墓前凝思了許久，遙想著那很久很久以前的童年趣事。回憶裡的外婆口齒不清，卻一刻也靜不下來，時常拉著孩子們講故事。

外婆年輕時也是個性格強烈的女人，那晚和厲鬼爭執間，三個怨靈被外婆重重打了一輪巴掌，想必疼痛得很。

大姨後來說，要是在那屋子裡，外婆或許打不贏那些怨靈，但怨靈被綑縛在屋子裡，外婆在屋子外賞他們巴掌，他們連連挨耳光卻沒辦法還手，只能遁逃回屋。

想到這裡，我張開眼睛，呵呵笑了兩聲，將手中折好的最後一把紙錢，輕輕放入那燒得熱燙的金爐之中。

下了山，我乘著車往市區去，去看小林和美華的新家。

他們新家其實是租來的，原先的舊屋還擺在仲介公司的資料夾中等候出售。

在那驚魂夜之後，大姨又花了好大一番工夫，趁著正午日頭毒辣時，率領著一群子弟兵殺進那透天厝裡，辦了一場隆重的超渡法事。

那三個怨靈此時此刻，或許已被超渡，輪迴轉世去了——大姨是這樣說的。

下一個買主如何處置那間便宜得令人起疑的舊屋，會不會住個幾天又開始塗窗戶磨菜刀什麼的，我也不知道了……

前陣子，我聯絡上我那從事房屋仲介的高中同學，從他口中得知了不少嚇人的消息，我卻並不打算和小林夫妻倆說，畢竟他們已經受夠了。

我按了幾下電鈴，小林跳著出來開門，一見是我，立刻大叫美華。

小林拉著我進屋，他們新家小小的，布置得也算體面，大半年過去，小林和美華總算走出了可怖陰霾。

美華挺著肚子，緩緩地走出房間，我瞪大了眼睛，看得合不攏嘴。

「嘿嘿，你很快就要當乾爸爸了！」小林哈哈笑著，大力拍著我的肩，說：「這也表示美華已經被我套牢了，你可別打她的主意喔！」

「你鬼扯些什麼！」美華氣呼呼地在小林背上重重打了一下。

「神氣什麼，我也有，才剛開始！」我哼哼著，掏出了皮夾，裡頭一張漂亮女孩的照片，剛交往不久，說不定也是外婆的保佑吧。

小林和美華搶著要看照片，我倒怕他們夫妻倆推擠時擠傷了美華肚子裡的小寶寶，聽說是我的乾兒子，哈。

上身番外篇

第四個怨靈

「喂，有沒有發覺，老沈最近越來越奇怪了？」小陳轉著筆，心不在焉地看著時鐘，五點五十七分，差三分鐘下班。

阿忠不置可否，專心看著他那台新購入的筆記型電腦，右手在筆記型電腦感應板上快速遊動，左手待命點按幾組快捷鍵，螢幕畫面顯示著一份份房屋地產資料，裡頭詳載著每間房屋的屋齡、地址、內部構造、周邊交通、屋主出價等等。

小陳喊了阿忠兩次，見阿忠專心凝神，好奇地湊去瞧瞧，只見阿忠在同一份資料中不停進出，開了又關，關了再點開。

「我靠，主管不在，你別裝認眞了！」小陳伸手重重地在阿忠肩上搥了一記。

阿忠這才哇了一聲，瞧瞧時鐘、轉頭看看四周，不少同事都仍在座位上，主管的確不在。

這是各大小公司行號當中，接近下班時，最常見的兩種情形，偷懶和裝忙；有些人在接近下班時魂兒便已經飛離了公司，飛到不知什麼地方——小陳；有些人則是礙著老闆灼灼目光，魂雖然已經飛了，但是軀殼仍必須維持著勤勞模樣，於是乎會以看似勤勉的模樣，進行一些毫無生產力的動作——阿忠。

當然，自然也絕對不乏眞正忙碌，忙到完全沒有注意到時間流逝的苦命員工——小張。

「小張吶，阿忠在裝忙，你呢？你也在裝忙嗎？我問你喔，你覺不覺得老沈最近變得有些怪怪的？」

「我不知道，好像眞有點怪，總之他是害到我了！」小張怔了怔，聳聳肩說。

老沈是這家房屋仲介公司的資深業務員，十年來都是公司裡第一個到，最後一個走的認眞員工，是出了名的打拚王，是那種爲了拚業績，性命都可以不要的鐵血業務員。

奇怪的是，三週前他仲介了一筆生意，陪客人看幾次房子後，性情就變得有些不一樣了。

本來第一個來，最後一個走的打拚王，變成了遲到早退王，近一週甚至請了四天假，理由通通都是「和女性朋友有重要約會」。

打拚王十年如一日地打拚，從沒交過一個女朋友，相親三次都因爲在席間還不停撥打電話給客戶，講得口沫橫飛、青筋暴露而導致相親失敗。

全公司同仁都無法相信，有著打拚王稱號的老沈，會在一週之內，以「和女性約會」這樣的理由，請了四天假。

終究老沈也替公司拚出了亮麗成績，主管們寧可相信老沈這次當眞找著了眞愛，愛到無可自拔，便也體諒著他。

當然，老沈手上幾件案子還是得繼續下去，於是全落到平日和老沈搭檔的小張頭上，以致於小張忙得天翻地覆不可開交。

「我管他是眞愛還是假愛，搞成這樣我要怎麼收尾？」小張連連搖頭，對老沈的古怪行徑一點辦法也沒有。

「我不是說他請假……你們有沒有注意到，老沈變帥了，懂得打扮了？」小陳呵呵笑著說：「前幾天他來公司時，身上還有古龍水味道，你們有沒有聞到？」

「他變帥關我屁事，我忙得焦頭爛額，每天熬到三更半夜，都是他害的！」小張重重地將一疊文件扔在桌上，他今晚還得忙完這些工作才能下班。

轉眼到了下班時間，公司大多數員工已經開始收拾東西，連裝忙的阿忠都關上他那台筆記型電腦的電源，準備回家吃飯了。

「要不這樣好了，我們找一天去他家裡堵他，看看他到底藏了什麼貨色！」小陳天性好事，便這樣提議著。

阿忠心思縝密些，收拾好了自己的東西，也湊到小張的桌前翻動著那疊資料，取出其中一份看著，向兩人說：「就是這間屋啊，老沈自從談成這間屋之後，整個人就不對勁了。」

「拿來瞧瞧。」小陳一把將資料搶了過去，一邊吃著零食，一邊看著，那是間位於新店郊區，屋齡老舊的獨棟二層透天厝，經過層層轉手，已經許久沒有人居住。

「我記得他在談這案子的過程中，就有些古怪了，說不定他愛人就是新買主呀！」

「不……」阿忠神祕地搖了搖手，說：「我以前也處理過這間屋，查過這間屋的資料，很久以前發生過凶案，說不定老沈他……」

「鬼扯！」小張不耐地揮著手，罵道：「要鬼扯給我滾遠點，你們兩個可閒了是吧，是兄弟便過來幫忙，不幫忙就閃遠點，老子得幹完這些才能下班吶！」

「嘿，咱們還是滾遠點好了！」小陳嘻嘻笑著，推著阿忠打卡下班。

「阿忠，你晚上有事嗎？我們去看看老沈吧。」兩人出了公司，小陳這樣問。

阿忠滿腹狐疑地看著小陳。

小陳說：「你看小張，自己的工作都忙不完了，還得幫老沈擦屁股，難怪心情惡劣。老沈再這樣下去，案子一件件累積，遲早落到我們頭上，我們去看看他，看他是有了困難需要幫忙呢，還是眞的樂不思蜀啦。他沒事，我們也不會倒楣，你說是吧？」

阿忠神情有些猶豫，卻不知該怎麼推辭，兩人便吃了頓飯，招輛計程車，前往老沈的家。

天色已暗，打拚王老沈拚了十年，業績始終呱呱叫，在郊區買了高級大樓其中一戶。

小陳和阿忠這趟計程車坐得十分久，總算抵達目的地，兩人分攤了車資下車。

「你怎麼心不甘情不願的，我們剛來公司時，老沈也挺照顧我們兩個不是嗎？」小陳見阿忠始終陰鬱著臉，欲言又止，不由得有些不悅。

「小陳，你別怪我迷信，我是不太想來，我有些害怕。」阿忠答著。

兩人一前一後，往那高級大樓走去。阿忠低聲說著：「你還記得我剛剛說的話吧？老沈處理的那間房子，以前發生過凶案，一家子人全慘死在屋裡，警方勘驗的時候，發現屋子裡頭還有一個外人的屍體，本來以爲是強盜殺了人家全家，後來仔細檢驗每個人身上的傷口，這才發現不是吶！」

「那是怎樣？」小陳聽阿忠說得煞有其事，也不禁有些害怕起來。此時兩人已經到了大樓樓下，和管理員說明了是訪客，按下老沈家中電鈴。

「咦，是你們吶，上來上來！」老沈的聲音如往常般熱切，一點異樣也無。

兩人走入中庭，進了電梯，阿忠繼續說：「法醫驗屍的結果，那家三口是自相殘殺，女主人身上的刀傷，是男主人砍的，男主人身上的刀傷，是女主人刺的，老太婆長期受虐，是女主人幹的，那個外人聽說是女主人的姦夫，被男主人活活打死的。」

「嘩！有沒有搞錯，這凶案也太慘了點……」小陳不禁打了個哆嗦。

阿忠繼續說著：「之後那家人的遠親處理掉這間屋子，轉手好幾次，經過很多年，一直沒什麼人住。我請教過幾個前輩，這樣的案子大都沒有什麼行情，不太可能眞的賣給住家，有點良心的仲介員，也不太願意經手這種房子，光是自己得常跑進跑出不說，要是害了人家一家，那怎麼行……」

「你這樣說也不對，也不是每個人都信這些，老沈他就不信，百無禁忌，世界上每天死的人這麼多，哪間屋子沒死過人吶。」小陳這樣反駁。

「你說的沒錯啊，信者恆信，我相信這些，所以會怕吶，老沈他十年都是一個德行，恰巧就是處理了這間屋子之後，整個變了個人，你說哪有這麼巧的事？」阿忠回答。

就在這時，喀嚓一聲，電梯裡頭的燈陡然暗下，隨即復明，已經停在老沈居住的八樓，電梯門緩緩打開。

兩人在電梯燈滅的瞬間，都起了一身的雞皮疙瘩，他們互看一眼。

「哼！自己嚇自己，有什麼好怕的！」小陳咳了兩聲，搶先出了電梯。

阿忠跟在後頭，也笑著說：「就是啊，說不定老沈一點事也沒有，純粹就是談戀愛了。」

阿忠雖然迷信，但此時也不得不改口，他可眞擔心要是老沈中了邪什麼的，那就棘手得很了，自己和小陳也無端惹上麻煩，要是眞的沒事，那才是皆大歡喜。

兩人來到老沈家門口，按了幾聲電鈴，沒有反應，正猶豫間，老沈的聲音自兩人背後響起：「你們怎麼來了？」

兩人轉頭看去，都不禁張大了口，老沈就站在他們後頭，樣子和數天前相差甚大，穿著俗氣至極的廉價西裝，身上散發著已經變味的古龍水味道。

老沈足足瘦了一大圈，眼眶凹陷，眼神渙散。

「你剛剛不是……」小陳搔著腦袋，說：「你好幾天沒來上班，大家都擔心你，我們兩個來看看你有什麼需要幫忙的……」

「我不是有請假嗎？」老沈冷漠答著，語調略高了些。

小陳和阿忠不禁打了個冷顫，不知該如何回答。

「來看我啊，進來吧。」老沈取出了鑰匙開門，門一開，惡臭撲鼻。

「喝！」小陳和阿忠傻愣了眼，裡頭模樣一點也不像是高級住宅，滿地的垃圾、沒吃完的食物，家具擺飾東倒西歪，還有些家具都給灑上了黑漆跟糞尿。

「老沈……這……這是怎麼回事？」小陳和阿忠愣然問著。

「有個男的跟我有過節……先前他時常來找我麻煩，來我家裡鬧，說我搞他老婆。」老沈陰沉說著，隨地坐了下來，在地上翻著一只只塑膠袋。

「你怎麼沒報警？」小陳怪叫著，只見到老沈的眼神陰寒犀利，只得也跟著蹲了下來，一旁的阿忠也趕緊蹲下，緊靠著小陳。

「老沈，你……就是因爲這樣，才沒來上班嗎？你就任由那個男的來鬧？你眞的搞他老婆？」小陳又驚又怕，心中慌亂，想找話填塞，隨口亂問，直到阿忠推了他一下，這才住嘴。

「我就是搞他老婆，怎樣！」老沈陡然怪笑兩聲，眼睛瞪得巨大，眼中污濁濁的一片。

「唔！」小陳和阿忠讓老沈這怪笑嚇得往後一倒，狼狽掙扎著要重新蹲好，手撐在地上，摸到許多腐爛了的食物，兩人心中驚怕到極點，也不敢擦拭。

老沈從一旁塑膠袋中挑出半罐飲料和幾個吃剩的便當，裡頭全腐敗了，他卻津津有味扒著飯，還將另外幾個腐敗便當，推向兩人。

「我們已經吃過了，謝謝！」小陳和阿忠笑容僵硬，連連搖頭，可老沈眼神變得凶惡，他們這才挑了幾罐尚未開封的飲料喝著。

「老沈……你……這樣下去不行吶，要是那男人還來找你麻煩怎麼辦？」小陳隨口問道。

老沈神情漠然，看著一旁，說：「他不會來了……這幾天都沒來。我也去找過他，可是他已經不在了……」

「你還去找他？」兩人異口同聲地問。

「我不行找他嗎？要是讓我見了阿嬌，我還要搞她！什麼他老婆，阿嬌是我的愛人呀……」老沈突然暴烈吼叫，將兩人嚇得膽都要裂了，陡然起身，不知該如何是好。

老沈突然又靜了靜，說：「可是找不著了，他們不在了……」

「你身子不太舒服，我們也不打擾你了，我們先走了。」小陳和阿忠知道此時情況，根本無法再幫上什麼忙，除了離開報警，大概沒有其他的辦法了。

「你們知道不知道？你們知道不知道？」老沈的聲音尖銳得嚇人，他身子暴起，客廳裡的燈光突然閃動，和兩人在電梯中遇到的情形一般。

回過神時，老沈的手已經搭上他們的頸子，小陳和阿忠只覺得脖子又緊又痛，幾乎要透不過氣來，一幕幕奇異景色在他倆眼前晃動。

在昏黃閃動的光影交錯中，他倆見到一棟老舊房間中，一對男女正在調情，還隱約可以聽見一個蒼老的聲音不停地咒罵，語調盡是怨毒，男人和女人卻都不以爲意。女人嘴角有一顆痣，不時還可聽見男人輕喚女人的名字，便是老沈口中的「阿嬌」。

轟隆一聲天翻地覆，房門給人硬生生踹了開來，是這間房子的男主人，男主人全身酒氣，發出了暴烈怒吼，高舉著粗壯的拳頭朝兩人撲去。

接下來的景象是殘酷的屠戮，阿忠自剪報、耳聞中聽來的八卦消息，此時竟活生生、血淋淋地在眼前上演。

一家三口，外加一個姦夫，慘死在那戶老屋中。

「我好苦啊，我好怨吶！」老沈發了狂，手上的勁力更大了，兩人幾乎就要昏厥。在這一刻，阿忠的項頸鬆了鬆，使他能夠略微透口氣，他總算想起，脖子上掛著那串特地前往桃園求來的靈符。

靈符在他胸口發出了溫熱，他猛一出力，撐開老沈掐住他的手，緊抓著胸前靈符，往老沈臉上按去。老沈怪叫一聲，神情顯出感到了痛苦，卻還沒鬆手。

此時，這大樓的管理員，協同附近幾家住戶，全都擠了進來，一齊壓倒老沈。他們兩週來，都聞到了奇怪的臭味，加上三不五時，老沈房中便發出打鬧聲，忍耐早已到達了極限，此時聽房裡傳出劇烈爭執聲，門又半掩未關，住戶們這才一擁而入，將老沈制伏。

「對不起，對不起，我也不知道為什麼會這樣，我立刻整理好，立刻！」老沈讓鄰居壓倒，突然像是變了個人似的，連聲道歉，聲音語調卻又不像是原來的老沈。

「我跟同事鬧著玩的，沒事沒事，阿忠！小陳！」老沈是公司前輩，他這樣講，加上阿忠和小陳本便是來探視他，想幫上點忙，此時也只得點頭應和，費了好大一番工夫，將住戶鄰居全安撫出去，答應會即刻將房間清理乾淨，不再發臭，而剛剛的打鬥，只是一場玩鬧。

「阿忠，小陳……眞對不起，這玩笑開大了……我泡杯茶給你們，好嗎？」老沈歉然笑著，朝阿忠大步走去。

「老沈！」阿忠突然高舉胸前的靈符。老沈猛地停下腳步，不再說話。

阿忠深吸了口氣，推著小陳，緩緩步出大門，一個大氣也不敢吐。

「老沈，好好保重，我們明天還會來看你……」阿忠無奈說著，在關上鐵門的同時，隱約見到老沈漠然的眼神中，透出了一絲怨毒。

□

平價咖啡廳中，坐著我、阿忠、小陳。

阿忠便是我和美華提及，那位從事房屋仲介，跟我很要好的高中同學。

他十分迷信，出社會之後，找我大姨串門子、求靈符的次數，比找我敘舊還來得多。

這天距離小林和美華脫離惡夢，搬至別處，已經過了一週，大姨法事舉行完畢，說房子沒問題了，小林和美華依然驚魂未定。幫人幫到底，送佛送上西，我便自告奮勇，替他們處理這燙手山芋。

我聯絡了許久不見的阿忠，一聊之下，這才驚愕地得知，阿忠和小林、美華仲介房屋的「沈先生」是同事。

「你們就這樣走了？那個老沈後來仍然沒去上班嗎？」我迫不及待想要知道後續的發展，好不容易超渡了三個怨靈，這天才知道原來還有第四個，那個讓粗壯男主人活活打死的姦夫，只不過原來姦夫怨靈早在老沈領著小林、美華探視房子時，就附上了老沈的身，做出一連串離奇的舉動。

在阿忠和小陳七嘴八舌的敘述中，我這才想到，那老沈所說，時常去找他打架的男人，應當就是給男主人怨靈附了身的小林。

「阿森就是那師父的外甥，過兩天咱們一起去桃園找師父，多求幾張靈符！」阿忠不理我的催促，自顧自地和小陳聊著「師父」——我大姨。

「你還沒回答我，老沈後來怎麼了？」我又將問題重提一遍。

阿忠和小陳這才嘆了口氣，答：「老沈死了。」

我瞪大了眼，小陳補述著：「我們豈是那麼無情無義的人，當晚就通知全公司同事，還報了警。那時已經入夜，大隊人馬殺進老沈家大樓，敲門敲得像打仗一樣，老沈一直不開門，警察請來了鎖匠，破門而入，沒想到老沈在房中門梁上上吊自殺了。」

我怔了好半晌，這才想起大姨說過，那些怨靈想要找替身，老沈拖了這麼多天，只因那姦夫還掛念著他的姘頭，那個女主人。

大姨法事做完，將三個怨靈都超渡了，剩下來的姦夫怨靈，便再也無牽無掛，自個兒走了，只是倒楣了那老沈，平白丟了一條性命。

我也將這段日子發生的事，一五一十地全和他們說了，聽得他倆目瞪口呆，這才更深切地體會到，那舊屋四條命，四條怨靈，是那樣凶烈可怖。

「阿森大哥你一定要幫忙介紹師父給我認識，我怕我自己去找，師父對我有些隔閡，有親戚朋友幫忙說點話總是好的啊！」小陳連珠砲似地求著我。

我啞然失笑，他倆人那晚自老沈硬爪逃脫之後，對我大姨的靈符可是信服得死心塌地，大姨她又多了兩個虔誠信眾了。

鬼怨火

都會區中有著許多住辦兩用的商業大樓，每一層樓都分隔成許多小單位，供中小企業辦公之用。

比起大公司整層甚至於整棟的辦公大樓，這種一棟之中聚集著數十家小公司的商業大樓，少了份嚴肅拘謹，更顯得豐富熱鬧、親切而平民化。

我在尚未步入寫作生涯之時，也曾於數家小公司任職過，累積了不少有趣的回憶。自捷運忠孝新生站出站，步行約十分鐘，會見到一棟形狀特異的商業大樓，薄薄一片，風吹就要倒似的，當時我白天上班，晚上則如火如荼地進行一部長篇神魔小說的寫作。上下班之際的通勤時間便是胡思亂想的好時機，那時寫神怪大戰，自是草木皆兵，看到什麼都能夠想成是妖魔鬼怪，自然不會放過那有趣場景。當時那青森冷洌的辦公大樓，便是這篇故事的靈感由來。

01 六月十號

茂輝右手揚著一份牛皮紙包，左脅下夾著一疊廣告傳單，在踏過樓梯轉折處時，還微微彎膝，使出一記跳踢。他仍沉醉在昨晚第四台功夫電影的情境當中，想像自己綁著長長辮子，一縱身踩踏嘍囉腦袋向前奔跑，然後在空中翻轉兩圈半之後，以快得看不見的連環飛腿踢倒那些對美女不敬的雜碎，瀟灑自在地將美女摟在懷裡，再對倒地不起的雜碎們訓話一番。

大樓頗為老舊，一年前經營權轉手，新的大樓所屬財團更加善於開源節流，不但樓層租金提高，且管理品質更加低落。茂輝來到六樓，看著長道間兩盞閃爍不休的燈管，忍不住低聲埋怨幾句。

他就職於七樓旅行社；七樓全部都是旅行社。

茂輝所屬旅行社規模迷你，連老闆在內，只有四個工作同仁——老闆、老闆娘兼會計、他和另一個業務。但這間旅行社並非是七樓裡規模最小的旅行社，同層樓中，就有兩間老闆兼員工的一人公司。

這讓他不由得欽佩起台灣中小企業之生命力有如蟑螂一般強韌，這棟十層樓高的商業大樓之中，起碼有一百位以上的總經理，各自管理一至二位高階主管，以及與高階主管差不多數量的基層員工。

「叮咚叮咚，眞男人茂輝來了。」茂輝在六樓某設計工作室敲了敲門，此時是午休時刻，這間設計工作室裡兩個美工仍努力不懈地趕工製作網頁，接得的案子大都是七樓那些旅行社的旅遊網站和網路廣告頁面。

茂輝推門步入這設計工作室，要來杯水喝，正經八百地將牛皮紙袋中的書面資料和裝有旅遊景點圖片的光碟片一一取出，清了清喉嚨：「兩位美女妹妹，來討論這案子要怎麼做吧。」

美工小琪順手取過資料，看過幾眼拋在桌上說：「有資料就沒問題了，我們會照著上次的格式製作，做好了直接傳給你們過目。」

茂輝嗯了一聲，歪著頭想：「我覺得可以改變一下設計風格，例如來點極簡風格，加點後現代氣息什麼的……」

「你懂你講的那些詞彙嗎？」小琪賞了他一個白眼，說：「版型已經確定了，再改要加錢喔，我們老闆正在吃午餐，等他回來再跟你談。」

茂輝搓搓手說：「不，也不一定要改，我只是提供新的思考方向而已……不過妳們從早對著電腦到晚，不會累嗎？這樣好了，我請兩位吃點什麼、喝個東西。這個……我們這個年紀的年輕人，彼此多親近親近，促進不同公司員工友好交流，有助於提升工作效率吶！」

茂輝說得慷慨激昂，將杯水喝盡，補充一句：「兩位難道對同一棟大樓的上進青年，也就是敝人在下小生我，一點都不感興趣嗎？年輕人的冒險性格都上哪裡去了？」

小琪和瓊如同聲說：「不必了，七樓白白旅行社，鼎鼎大名的上進青年張茂輝，外號戰神，屢戰屢敗、屢敗屢戰，無人不知、無人不曉，你不用白費力氣了。」

「若妳們盲目地相信那些流言蜚語，有一天發現自己冤枉了一位善良誠懇的上進青年，一定會很難過、很後悔的。」茂輝無奈地說。

「還不走嗎？要不要我請貴公司老闆下來牽你回去？」小琪拿起桌上電話，故意按了茂輝公司電話的前幾碼。

「好好好，我自己會走，幹嘛找人牽我，又不是狗……」茂輝哀怨起身，還不忘放兩張傳單在桌上，報以臨行前的微笑。「九寨溝八天七夜，美麗的景點，適合美女結伴成行。」

茂輝離開這設計工作室，沿路分發廣告傳單，宣傳他們旅行社這一季最新行程。他接連跑了幾間六樓公司，不停招來白眼。大都是女人賞的白眼，全都是拒絕他的下午茶邀約。

他什麼都好，對朋友夠義氣、心地善良、工作認眞、衝勁十足，在整棟大樓裡算得上是風雲人物了。但他最大的缺點就是胡亂把妹，各樓層內新進女性員工，幾乎都會成為他的狙擊目標，往往在鮮花、卡片、死纏爛打等各式各樣的短兵相接之後，女人們威脅要叫他老闆收拾他，才能阻止他的攻勢。

在茂輝歷經半年的東征西討戰史中，上至十樓珠寶公司的熟女主管，下達一樓的便利商店十六歲年輕妹妹，莫不同氣連枝，給予迎頭痛擊，使之達成史無前例的一百六十八戰全敗的紀錄。這棟商業大樓也開始流傳七樓的白白旅行社裡，藏匿著一個花痴戰神的傳說。

女人們也看在茂輝平日熱心助人的份上，諸如在垃圾堆中救出了剛出生、奄奄一息的小狗們；或是一馬當先，和小偷從八樓扭打到一樓，替珠寶公司搶回了價值十萬左右的金飾等等情事，並沒有太過追究他死纏爛打的泡妞手段，反之有麻煩時總會找他幫忙，只要他別將目標放在自己身上就行了。

□

「年輕人吶，聽說你追求女孩沒有一次成功，這不是沒有原因的。你只有桃花劫、沒有桃花緣，感情運不順，就算讓你追上了，大概也會送你一頂綠帽子戴！」六樓天天來相命舖裡，六十來歲的神算阿水師，星象命理風水摸骨掌紋占卜請神起乩五行八卦紫微斗數無一不精。

阿水師自稱三不五時入定出竅，飛上九重天和西方如來、上帝耶和華、玉皇天公喝杯凍頂烏龍，偶爾摸個八圈。最神奇的莫過於阿水師的信徒們當真堅信不疑，時常送上大禮小禮，要阿水師在和眾神「拉咧」之際，順便拉拔自己，盼望也能雞犬升天，添個十年八年陽壽也好。

阿水師手上抓著茂輝發給他的旅遊套餐傳單，但眼睛卻是盯著茂輝臉孔，從雙眼掃至鼻端，從掌紋手相說到生辰八字。

「……謝謝你的好意，阿水師。」茂輝嗯了聲說：「我來介紹一下我們公司的旅遊行程，九寨溝八天七夜，只要一萬九千八，包三餐宵夜，絕對划得來，別家公司都從兩萬五起跳！」

阿水師好似沒聽他說話般，撥了撥茂輝頭髮，仔細地瞧著他額頭說：「嘖嘖，印堂發黑，流年不利，要是不處理，你不但有血光之災，還可能會死！我看這樣好了，我幫你改改運，就算你兩萬五。」

「九寨溝八天七夜才一萬九千八，眞的划算！你看看介紹，漂亮啦，不去可惜！」

「一萬九千八怎麼划算？我擺法事祭品不要錢嗎？兩萬四，不能再低啦！」阿水師十分堅持這樣子的雞同鴨講，也不知是不是故意的。

「我是說九寨溝啦，我沒有要改運啦！」茂輝大聲說。

「那等你決定要改運，再來找我去九寨溝吧。到九寨溝改運起碼要加三成，那兒地氣不同，我會耗損功力。」阿水師冷冷地瞧了茂輝一眼，連連揮手說自個兒外頭還有客人在等。

茂輝碰了一鼻子灰逃出阿水師相命舖，來到隔壁的氣功聯誼會，成員是三十幾個平均年紀超過六十五的阿嬤，大都兒孫成群，安享清福，閒暇之餘上這氣功聯誼會跳跳動功舞蹈，閒聊生活瑣事，比比哪家孫兒又考了一百分。

氣功聯誼會的小小櫃台上，終年堆放著各式各樣的旅遊傳單。商業大樓之中若有旅行社，這是很常見的現象。尤其這阿嬤氣功聯誼會也算是大客戶了，收到的廣告傳單自然更多。

「阿嬤，有沒有興趣旅遊啊？現在去九寨溝特價耶。」茂輝打起精神向櫃台王老媽介紹。

王老媽專注地看著報紙，理也不理茂輝。茂輝哼咳幾聲，改變戰略，指著王老媽手上那只玉鐲子：「啊呀，王小姐，玉鐲眞水喲，您兒孫眞友孝，買這麼美麗的鐲子送您，戴上去年輕十歲耶，看起來像三、四十歲的小姑娘！」

「哪有這麼誇張，五十左右啦。我家裡還有一只更大的。」六十八歲的王老媽笑得合不攏嘴，說：「阿輝啊，這次去哪裡啊？」

「去九寨溝啦，八天七夜包吃包住，非常便宜，一萬九千八，三十個人同行打九折啦！」茂輝比手畫腳地說。

王老媽架上老花眼鏡，捏著傳單仔細打量一陣，招來了所有聯誼會成員，聚成一團七嘴八舌地比較：「有比較便宜喔。」「另外一間貴好幾千呢！」

「九寨溝可以打氣功嗎？」吳奶奶架上老花眼鏡，隨口問著。

「當然可以，大家看看圖片，九寨溝風景多美啊，在那裡吸收天地靈氣、日月精華，練一練說不定會成仙喔！遊覽車上還有大摸彩，頭獎送電視機啦。我阿輝以人格擔保，絕對划得來啦。」茂輝唬爛得口沫橫飛。

氣功阿嬤們交頭接耳地討論，大都覺得這價錢還過得去，也有幾個狠角色阿嬤，得寸進尺：「阿輝呀，回去跟你們老闆說，超過三十人打八折啦！」

「不用跟老闆說，我來決定就可以了，就八折！」阿輝雙手一舉，接受氣功阿嬤們的歡呼。老闆早已給他折扣空間，可以在推銷旅遊行程時，拿捏分寸，自行談價，底線就是八折。

「哎，我就說這阿輝年輕有爲，多照顧老人家吶！」氣功阿嬤們七嘴八舌地說著，要來好幾張傳單，都說應該會去。

「感謝呀，等各位確定人數，再上樓找我寫正式的訂單。三十個人打八折喔！」茂輝和氣功阿嬤們揮手道別，還不忘拍拍其他幾位阿嬤，講些客套話：「李媽越來越有福相囉。」「趙太太這個月又比上個月更年輕啦！」

阿輝步出聯誼會，大大舒了一口氣，開始考慮如何向老闆回報這筆很有機會成交的生意。他趁勝追擊，繼續下樓，突而打了一個大大的噴嚏，覺得有些冷。

通往五樓的樓梯間燈管閃爍情形比六樓更爲嚴重，閃映在牆壁上的光影更加青森冷冽。

「怎麼搞的？待會得跟嚴伯說大樓好多燈都壞了。」茂輝手中還拿著半疊傳單。他在經過樓梯轉折處時，咦了一聲，後退兩步向五樓長道看去。

在他印象裡，五樓公司不多，大都是其他公司承租的倉庫，冷冷清清，他的業務範圍擴及不到這兒，自然也不常來。

但此時眼前通道，兩側辦公單位都是敞著大門，職員們忙進忙出好不熱鬧。

他轉頭看看樓梯轉角樓層標誌，是五樓沒錯。

「喲！一下子搬來這麼多新公司，不錯，很有那麼一番新氣象。」茂輝只是驚奇了極短暫一瞬間，驚奇便已轉換成欣喜，他想到這麼多間新公司搬入開張，必然也會帶入一大批新的女性員工，可是他大展身手的好機會。

「昨日種種譬如昨日死……」茂輝撥撥頭髮，整整領結，抖擻起精神，捧著旅遊傳單，往五樓廊道走去，果然見到不少洋溢著青春氣息的女性職員，穿梭於廊道之中。

「小姐妳好，我是七樓白白旅行社業務張茂輝，我們公司推出的新旅遊套餐，九寨溝八天七夜，妳參考參考……」茂輝不停發出廣告傳單，在敘述公司業務之際，也習慣性地夾雜些瑣碎的廢話，諸如「大嬸很有精神喔。」「這位美翻了的小姐請留步……」等等。

前頭一扇門大敞著，門外沒有懸掛公司招牌，辦公大樓之中，也偶有些民家住戶。一個老先生默默坐在門前一張小藤椅上，雙膝併攏，雙手放於膝上，兩眼無神向著長道深處，和路過的每一個人四目交接。

「啊！這位老伯一定是生活太乏味了，有空應該到處走走，好好享享清福吶。」茂輝親切地上前攀談，遞了一張傳單給那老先生，仔細介紹起旅遊傳單上的行程規劃、名勝景點。

「有沒有……看到小娟吶？」老先生瞪看了傳單半晌，無端端迸出這句話。

「小娟？我不認識小娟……」茂輝見老先生眼中流露出強烈的擔憂，伸手拍拍老先生的胳臂，安慰著：「老伯，她是你女兒？還是……」

老先生雙眼深黑凹陷，眼珠子灰白茫然，口微微張開，裡頭黑黝黝的，冒出濃濃的腐臭味道，突然舉起一雙枯手，緊緊抓住茂輝雙臂，十指像是要掐入他肉中。

「有沒有看到小娟？」老先生瞪大眼睛，灰白雙眼陡然冒現紅絲，彷彿要滴出血一般，尖聲問著。

「沒有沒有沒有！」茂輝讓老先生的神態嚇得慌了，手裡抓著的廣告傳單掉落一地。

老先生鬆手坐回小凳，腦袋傾斜一邊，漠然地看著長道深處，再也沒多說半句話。

「老伯……」茂輝還想說些什麼，但和老先生冷冰冰的目光對上，不由得一陣哆嗦，不敢再多說，手忙腳亂地拾起落地傳單，趕緊走了。

大樓廊道間燈光忽明忽滅，茂輝感到有些暈眩，覺得那閃爍明滅的燈光有些刺眼，他抬手去遮，鼻端嗅到一股味兒。

是什麼樣的味道？

茂輝擤擤鼻子，味道揮之不去，是一股焦味。是煙的味道、火的味道。

「失火了？」茂輝陡然一驚，清醒了些，左顧右盼，前頭後頭都靜悄悄的，哪兒有失火。方才那老伯還坐在後頭，靜靜地看著另一端，聽見茂輝叫喚，也不回頭。

茂輝抖抖衣領，心想自己病了。嘆嘆氣埋怨自己昨晚不該沒將頭髮吹乾就上床睡覺，受了風寒著涼感冒，精神也不好，這才疑神疑鬼的。

一個小孩拍著皮球奔過茂輝身邊。

在擦身那一瞬間，茂輝簡直不敢相信自己的眼睛——

那小孩半邊臉是黑色的，不是胎記什麼，是燒焦的那種黑，摻雜著捲曲焦皮、褐紅漿血。

「喝！」茂輝嚇了一大跳，回頭轉身想看個仔細，但那小孩已奔到廊道遠處和其他孩子玩耍，笑得燦爛，一點事兒也沒有。

「我眼花了？」茂輝只覺得渾身不對勁、手腳痠軟。他繼續前進，他還要工作，還要繼續發傳單，他是業務員，要盡最大的努力推銷公司的產品。

他在一家公司前停下，敲了敲門，手指觸及門板時，猶如摸到燒紅了的烙鐵般，他噫呀一聲，反射性地縮手，卻又不見手上有什麼傷疤，猶豫半晌，小心翼翼地再摸摸門，冷冰冰的。

一個婦人來開了門，四十來歲，打扮得花枝招展、濃妝艷抹，她帶茂輝進去，辦公室裡光線是黃橙色，有幾張辦公桌，其他地方都堆放著一盒盒貨品，也不知裡頭裝著什麼，這在小公司也十分常見，辦公室兼作倉儲。

茂輝揉揉頭頸，他更不舒服了，只覺得全身像是熬了三晚不睡覺一樣疲累。他抽出一張旅遊傳單，堆起笑臉，跟在那婦人身後，解釋著公司這次推出的旅遊行程。那婦人卻只自顧自地忙，完全不搭理茂輝。

茂輝正忙著說明旅遊行程，鼻端又竄進一股焦味，正狐疑時，婦人卻不知去向，四周那一盒盒貨品冒出了煙，跟著是一股股火焰燃起，貨品摔跌落地，砸出大片大片的火花碎屑。

「哇，眞的失火了！」茂輝連退幾步，只感到一陣灼熱感逼來，他雙腳發軟，一個不穩絆倒在地，摔得極疼。

下一刻，他呆愣在地板，甚至忘了爬起身。

四周黑漆漆的，沒有煙、沒有火，只有門縫透入一片光。

茂輝驚恐在地上掙扎半晌，狼狽起身，連滾帶爬地逃至門邊、推門逃出，回頭往那辦公室看，半敞的門裡陰暗暗的，哪裡有什麼濃妝婦人，也沒有橙黃燈光、辦公桌什麼的，只有一些積放已久的廢棄貨品，大都蒙上了厚厚的灰塵。

「我的媽呀，該不會是見鬼了吧。」茂輝搧著手上那疊廣告傳單、拍拍身上塵埃，猶豫半晌，將門關上。

四周靜悄悄的，方才那熱鬧景象有如幻覺，長道兩邊的單位都是緊閉著門，一點人跡也無。長道之中的燈光依舊閃爍，茂輝只得繼續前行，想趕緊自廊道那端的貨物電梯下樓。

他拐過一個彎，兩側牆壁全是黑的——焦黑。

「欠債還錢天經地義」、「欠錢不還全家死光」等類似的字眼，以血淋淋的鮮紅色，怵目驚心地爬滿了好幾面牆。

前頭有道門，門上鎖著鍊子，門和鍊子都是焦黑色的，且同樣寫滿紅字。

門上小窗破裂，裡頭透出光影，也傳出聲音——女人跟男人的哭聲和淒厲的慘叫聲。

那扇門再過去，就有消防通道和貨物電梯，茂輝不願往回走，只好硬著頭皮向前。

他越是靠近那門，就越是膽顫心驚，他聽見一聲一聲悶悶的碰撞，那是拳頭或木棍打在人身上發出的聲音。

「不要、不要！」

「錢我們眞的會還的……」

哀嚎聲中，夾雜溢出的求饒話語絕望而害怕。

茂輝只想趕緊逃離這兒，他摀著耳朵往前走，裡頭哭叫淒厲，穿透他的雙手鑽入腦袋深處。他終究是古道心腸，儘管心中害怕，但聽見求救聲，總不能不當一回事兒。

他湊上那門，往裡面瞧，這辦公單位裡頭朦朧朧的，隱約見著有一個男人給綁在椅上，四、五個人不停地以棍狀物擊打著他的四肢。

茂輝見他一雙腿給打得扭曲彎折、皮開肉綻，黑黑紅紅的血不停滴落。一旁還有另一堆人，是一群男人，壓著一個女人。

「每次都說會還，每次都沒還，這次不給你點顏色瞧瞧，其他借錢的人都學你啦，我操！」一個面目猙獰的傢伙，似乎打得手痠，扔下了棒子，自褲袋裡摸出一柄老虎鉗。

「放了我太太……求求你……」那被綁在椅上的男人鼻涕眼淚淌了一臉。

那女人卻是哭喊著：「不要打了，不要打他了！」

「先別打，讓他看清楚。」面目猙獰的傢伙哼哼一笑，吆喝手下停手，搖著老虎鉗走近女人，還回頭露出猥瑣神情，對著綁在椅上的男人嘲諷地說：「你睜大眼睛看好，我幫你一把，說不定可以領個保險金什麼的。」

女人的尖叫聲淒厲得像是自地獄底層透出。

茂輝口齒顫抖，不敢相信自己的眼睛、不敢相信那猙獰傢伙說完話後所做出的舉動，他感到有股難以容忍的怒氣要衝出胸口，他不相信世上有這麼壞的人。

「住手，住手！我要報警啦——」茂輝大聲吼叫，雙手大力拍打那門。突然覺得掌上又是一陣灼燙傳來，門裡頭光亮刺眼，那是火光。

他讓這陣熱燙火光嚇得拔腿奔逃，跑進消防通道樓梯間，不知怎的，只覺得全身上下輕鬆許多，剛剛那陣怪異疲累一掃而空。

他探頭往廊道看，廊道裡那清冷燈光依舊，牆上的焦黑和字卻不見影蹤，剛剛那扇門暗沉僻靜，已經聽不見求饒聲音，焦味、高熱也沒了。

方才所見一切，彷彿是一場夢。

茂輝連連喘氣，呆愣半晌，來到貨物電梯前急急按鍵，門一開，趕緊進去。

電梯之中是他的同事文原。文原年紀比茂輝小了幾歲，平時安靜不多話，總是悶著頭本分地做事，和茂輝交情算是不錯。此時他表情凝重，見茂輝臉色慘白地進來，也只是嗯了一聲，一句話也不說。

茂輝深深呼吸，誇張地說：「天呀，我一定是太累了……我竟然見到幻覺了，你一定不相信我剛剛看到什麼！」

文原心不在焉地看著地上，也不答話，甚至再沒看茂輝一眼。

「你怎麼了？」茂輝看看文原，電梯門打開，文原二話不說，快步走出公司。

茂輝經過方才那頓驚嚇，對於此時文原的反常舉止也無心思索，此時是午休時間，他只想好好吃個午飯，仔細想一想到底是什麼情形，是因爲太過操勞產生幻覺，還是眞見鬼了？

負責大樓管理的嚴伯，正氣急敗壞地以濃厚的家鄉口音，和電話那端不知爭吵些什麼。

「俺說這事兒一定要辦，不辦不行，你們大財團有錢有勢，這麼點小錢也省，俺告訴你，省出幾百條命，是不是你負責？啥？你他奶奶的就去找個能負責的人來！啥？你說啥？俺告訴你，你再不給俺辦好，老子不幹啦！」嚴伯對著話筒大罵數聲，將話筒重重一掛，猶自生著悶氣，口中唸唸有詞。

陽光普照，晴空朗朗，茂輝來到街上，方才的陰鬱詭譎一下子一掃而空，他先在一家藥妝店買了感冒藥和提神藥，又再買了報紙和一本小開本的鬼故事書，這才上速食店點餐享用。

他下午的工作依舊是繼續推銷他那份九寨溝旅遊套餐，對於氣功聯誼會那案子他胸有成竹，因此倒也不急著回公司。

他大啖漢堡炸雞、痛飲可樂，突然覺得那盒感冒藥白買了，現在身體挺清爽的，沒什麼不舒服之處。

他邊吃，邊翻閱那本隨身鬼故事書，還一面哈哈笑著：「眞扯，到了十二點就會聽見神祕的廣播，我怎麼都沒碰過啊？哈哈！」

茂輝吃得飽嗝連連，這才心滿意足地返回公司。

他踏進大樓大廳，見嚴伯猶自臭著一張臉，好奇心起，摸出包菸，點燃一根雙手奉上。

「嚴伯，怎麼啦，誰又惹您生氣啦？」

「他奶奶的還有誰？不就是這大樓的新屋主，操他個蛋，勢利鬼、守財奴、沒有良心！」

嚴伯心中怒火像是又給點燃一般，破口大罵好幾分鐘，這才對茂輝說：「對啦，阿輝，你才來半年，還不知道大樓有這規矩……」

「嗯？有什麼規矩？」茂輝咦了一聲。

「其實也不是啥規矩……這棟大樓裡所有出租辦公室，都是同一個屋主，每年到了這時候，一連幾天，大樓頂上都有法事，前一個屋主年年照慣例花錢辦法事；但今年那屋主把這大樓裡的辦公室轉手賣人，新的屋主不肯花錢請法師，眼看日子都快到了，再不辦，一定要出事，嚴重的話怕會丟人命啦！」嚴伯滿臉漲紅、口沫橫飛。

茂輝更加驚訝，他從來沒聽過這事兒，便連和他熟稔的嚴伯、老闆和老闆娘、氣功聯誼會的王老媽、任職兩年的同事文原、一群和自己無緣的女人們，誰也沒有和他提過。他心中不解，便問：「嚴伯，有到要丟人命這麼嚴重？怎麼以前都沒聽你說過？」

「唉唉……這種事有什麼好說的，知道是無可奈何，不知道最好！」嚴伯長吸口菸，在胸腔裡滾了好大一圈才沉沉吐出，緩緩地說：「七年前，在俺上這兒當管理員之前，這大樓發生過火災，燒死了一些人，後來重新裝修，那些工人很多都得了病，有幾個病得很嚴重，差點翹掉。大樓前屋主聽人建議，請來法師做了七天法事，那些工人才沒事的。」

「火災……」茂輝突而一驚，數十分鐘前在五樓的遭遇，聞到的焦味、見到的火光、手指觸到的灼燙，都還記憶猶新。

「他奶奶個熊！說是火災，其實火是人放的，俺操他個蛋！」嚴伯說至激動處，忍不住大聲喝罵了一連串髒話，這才繼續說：「那時候五樓有個成衣商，一時手頭緊，臨時需要筆錢周轉，向高利貸借錢，結果生意還是搞砸了，錢還不出來，地下錢莊派出幾個小龜孫子來收債，那些小龜蛋收了幾次收不著，發了狠，把人家大門堵死，拿著汽油到處亂灑，這火一燒就不得了，不只那成衣商，整層樓幾乎全燒死啦，他奶奶的，真沒天良！」

茂輝又是驚愕，又是不平，問：「怎麼有這種事情，後來人有抓到嗎？」

「抓是抓到啦，他奶奶的有屁用？根本是找幾個小龜蛋頂罪！帶頭的傢伙、幕後放貸的大哥，現在都還逍遙快活得很吧。在俺之前那個管理員，是俺的老鄉，他本來要退休了，把位子頂給俺，卻發生了那事兒，他認得幾個常去討債的小龜蛋，要去警局指認，結果你知道他怎了？」嚴伯吸了口菸，重重拍了桌子，斥罵：「他才出警局要回家，就給車撞啦！在醫院躺了三天，跟我講完這些事，人就走了。你想想，撞他的還會有誰？沒有別人啦！」

嚴伯罵完，無奈嘆了口氣，說：「現在這個社會，早就沒有天理公道啦。」

「嚴伯，所以說……要是沒辦法事，這大樓就會出事，是嗎？」茂輝試探問。

「是呀，當年那火是十四號燒的，之後每年都在那個月的月初就把法事搞好，幾年下來都是平平安安，現在都十號了，再不搞，接下來俺可不知道會發生什麼事……」嚴伯哼了一聲，攤攤手說：「要是那些傢伙真要省這筆錢，俺真不幹了，你們另請高明吧！」

茂輝暗自心驚，又花上數分鐘，陪著嚴伯一同臭罵那地下錢莊的惡行、數落這接手新屋主的吝嗇，總算讓嚴伯稍稍消了氣。他上樓前，嚴伯還大力誇讚：「現在像你這麼有正義感的年輕人已經不多了，真可惜，就是沒有女人愛，瞎眼了她們！」

茂輝苦笑幾聲，進了電梯，心想要是自己的女人緣和老人緣一樣好，那就太棒了。

02 六月十一

辦公室裡亂糟糟的，一堆人來來去去，各自忙著自己的業務。這是白白旅行社的辦公室，應該說，是白白旅行社和其他幾家旅行社一起合租的辦公室。這在旅遊業是十分常見的現象，甚至有些一人公司，老闆自己身兼業務、聯絡導遊、規劃行程、安排交通路線和當地飯店。

氣功聯誼會的幾個老太太浩浩蕩蕩地上樓，白白旅行社的老闆眉開眼笑地歡迎。對白白旅行社這小規模的公司而言，超過三十人的團已經是筆相當大的生意了，可惜老太太們沒選價格較高的九寨溝之旅，而是決定要去價格較低的國內旅遊，蘭陽溪谷三日遊，行程就定在兩天後的週末假日。

茂輝好不容易陪同氣功阿嬤們簽完訂單，收取了訂金，舒伸懶腰，和辦公室裡其他同業員工閒聊些生活瑣事。

另一家旅行社的阿茵，滿臉餘悸猶存的模樣，比手畫腳拉著同事說話：「眞是嚇死我了！六樓的廁所壞了，一堆人擠到七樓上廁所。我急得很，想想五樓沒人，就去五樓。結果你們知道發生了什麼事嗎？我上完，起來要沖水，馬桶裡竟然有一隻手！」

阿茵述說至此，大口喝了杯茶，深呼吸數次，這才將她下樓之時，所見到的情景，仔仔細細地述說一遍……

□

阿茵好幾天沒排便了，今兒個上午，一口氣連灌下三大杯的清腸茶，這才覺得肚子咕嚕嚕地叫了起來，適逢午休時分，這得來不易的機會，自然不能放過，否則就像是錯過了那相隔許久的列車一般，又要等上好一陣子了。

她摸著鼓脹脹的小腹，在每一間廁所敲門，都有回敲聲響。她莫可奈何，暗暗罵了幾句粗話，這才心不甘情不願地下樓，去那甚少人會去的五樓。

不知是否因爲五樓人煙稀少之故，阿茵總覺得有股陰寒氣息在吹拂她的肩頸。她進了廁所，從隨身面紙包裡取出一張撕成兩半，揉捏成兩個小鼻塞。待一切準備妥當，這才出力發功，在清腸茶的效用加持之下，總算大軍盡出，通體舒暢。

「哼，要是每天都能順利大便，我會更苗條！」阿茵看著自己微凸的小腹，這樣埋怨著，一面抽動一旁的滾筒衛生紙。

清潔完畢，她站起身，穿上褲子，取出鼻塞扔入馬桶，還來不及沖水，以爲自己眼花，馬桶當中除了黃金萬兩，竟還無端端躺著個焦黑東西。

那是半截胳臂。皮膚像是被火灼燒許久，焦爛爛的，掌上五根指頭只剩三根。

阿茵啊地尖叫，轉身推開了門，卻見整間廁所閃耀著火光。一個全身燃火的男子，趴扶在洗手台邊緣，痛苦掙扎哀嚎著。

她嚇得傻了眼，一面尖聲求救，一面四處探望，總算想起了廁所外頭備有滅火器，她出去取下滅火器，只一轉身，那人卻平空消失了。

她甚至傻傻地推開每一扇隔間門，這才感到害怕，扔掉滅火器，拔腿便跑，耳邊依稀聽見慘烈的呼號，和一陣一陣的冷笑聲。

□

「眞的假的啊？」「怎麼會有手？」「妳的意思是妳撞鬼了？」圍成一堆的男男女女，個個一臉吃驚，譁然地問。

自然也總有些窮極無聊的男人，插口一些廢話：「妳上大號還是小號，爲什麼上完還要看幾眼，是想研究排泄物色澤和身體健康之間的關係嗎？」

阿茵瞪了那無聊男子一眼，補充說著：「眞的是一隻手，是成年人的手！那著火的怪傢伙也很奇怪，那間廁所絕對有問題……不，你們不覺得這幾天，大樓裡面變得古怪很多，整個氣氛都不一樣了嗎？」

阿茵比手畫腳地說，大夥兒聽得一愣一愣。

那窮極無聊的男人叫小徐，他嘿嘿笑著問：「那妳到底有沒有沖水啊？」

「嚇都嚇死了，哪還記得沖水。」阿茵吼他：「你不要淨問些無聊的問題！」

「嘿嘿！」小徐奔回座位拿出數位相機，便往外頭衝，還猥瑣笑著嚷嚷：「這種不注重公眾環境衛生維護的行爲一定要拍照存證，好好檢討檢討！」

「那傢伙有夠變態耶！」女人們幫著阿茵啐罵小徐，跟著也七嘴八舌地出言附和：「五樓眞的有問題。」「我也覺得不太對勁！」

茂輝平時多話，此時默默地聽，心中隱隱覺得不安，起身想下樓去向嚴伯問問那法事細節，就算屋主不出錢，整棟樓這麼多辦公單位，大夥湊一湊也不難辦。

他才剛踏出辦公室半步，卻聽見身後一聲尖叫。

「文原，你在幹嘛——」

白白旅行社的老闆和文原搶奪著一柄美工刀，文原的手腕上有一道血痕，淌了滿手血。老闆大聲叫著：「文原割腕，快來幫忙！」

茂輝衝了回來，和四周其他同業男員工一擁而上，將文原壓倒在地，奪下他手上的美工刀。文原淚流滿面，閉著眼睛嗚咽哭泣。

「文原，你幹嘛這樣！」茂輝驚慌喊著，按著文原手腕傷處，另一隻手在身上掏摸，想找個什麼手帕衛生紙之類的東西來替文原止血。

「讓開讓開！」一個年輕女生推開眾人蹲下，手裡拿著一條絲巾，將文原手腕出血處緊緊綁縛，打了幾個結，這才拍拍手說：「還看什麼，快叫救護車，送他去醫院縫合傷口啊！」

「不用了……」文原站起身來，抹抹眼淚，吞嚥幾口口水，正正經經地向所有人鞠躬道歉，跟著轉身出去：「醫院就在附近，我自己去……」

「等等，我陪你去！」茂輝怕他出去又想不開，匆匆忙忙跟在後頭。

兩人下了電梯。嚴伯正激動地講著電話，一見文原手腕處有血污，立時氣憤對著電話那端大罵：「看吧，果然出事啦，你奶奶個熊！」

茂輝陪著文原往數百公尺外的醫院走去，終於忍不住問：「嘿，到底是什麼事？」

文原臉色難看，神情淒苦，抿著嘴說不出話，好半晌才說：「茂輝哥，眞對不起，我眞的是一時想不開……我不會再這樣了，我還有家人，眞的掛掉，我家人可慘了……」

「你能這樣想就好了，但是，到底是怎麼回事？」茂輝追問。

「我不想講……」文原搖搖頭。

□

茂輝回到公司，替留院觀察的文原請了假。他將那條絲巾清洗乾淨，見方才那提供絲巾的女生被一群男人圍著，七嘴八舌問東問西。茂輝自然也不落於人後，擠了過去，揚起手中絲巾，搖搖晃晃地說：「小姐，這是妳的絲巾。」

「嘩——戰神來了。」「戰神出馬，大家沒戲唱啦！」那些同業男士們一見茂輝過來，哄堂笑著，全都退至一邊，這是大家的默契，都想見見茂輝再一次地向女性提出邀約，然後遭拒，且將其言行當作負面教材，提醒自己絕對不能犯下同樣的錯誤。

「承讓承讓。」茂輝也老實不客氣地向幾個平時一同插科打諢的損友們拱拱手，一點也不介意「戰神」這樣的封號，反而覺得十分得意。

「這是妳的絲巾，還給妳。」茂輝將絲巾遞給那女生，見她面貌可人、個頭嬌小，除了服裝有些跟不上流行之外，臉蛋完全不輸給電視機裡那些二線女星，也不知道是新進行的同業員工，或是前來詢問旅遊事宜、護照申辦的準旅客。

「娜娜從外地來的，幫家人代問一些出國旅遊的手續問題。」一旁的阿茵插口，接著又說：「人家還有正事，別耽誤人家太多時間吶，速戰速決吧，戰神！」

茂輝點點頭，這才知道這女孩叫娜娜。他清清喉嚨，大力撥動頭髮，他一直認爲撥頭髮這個動作性感而帥氣，同時挑挑眉說：「在下Simon，第一次見面，妳好。」

「哈哈！」同業們毫不避諱地哄笑：「茂輝就茂輝囉，Simon個鬼啊，塞巴咧。」「他什麼時候替自己取這個名字了？」

「你好。嗯，爲什麼他們叫你戰神吶？」娜娜出乎眾人意料之外地並不怎麼排斥茂輝，她接過絲巾，瞧了瞧，笑說：「你洗得滿乾淨的。」

「可以耽誤妳一點時間嗎？」茂輝又撥了一次頭髮，頓了頓，再撥了一次頭髮，見到手上有頭皮屑，趕緊拍掉，搓搓手說：「讓我仔仔細細和妳解釋爲什麼他們這樣叫我。」

「什麼事啊？」娜娜指指外頭說：「在外面說吧，別打擾大家工作了。」

「好啊。」茂輝眉開眼笑地跟上，又撥了幾次頭髮。

同業男女等全擠到窗邊，有些預測著茂輝大口一張，興之所至，會脫出哪些慣見口白，諸如：「今晚我一定得請妳吃飯，以聊表我的眞心。」「我是一個眞誠而愛家的好男人，錯過我是妳此生最大的損失。」等台詞。有些人則賭起茂輝一共會撥幾次頭髮之類的耍帥動作。

大夥只見到兩人在外頭廊道角落有說有笑，茂輝時而抱手站三七步，時而伸手按在娜娜肩頭牆上，時而橫著左手撐托右手，右手比個「七」，放在下巴或是兩眼之間，大都是些過時噁心的耍帥動作，他通常會撥個三、四次頭髮之後變換一種站姿。

直到大家數到茂輝撥動第四十八次頭髮之際，他們終於開始相信，這次茂輝眞的走運了，他倆竟然交換起電話號碼。阿茵攤攤手說：「天吶！他的誠心感動上蒼了……」

茂輝高仰著頭，得意洋洋回來，見大夥目瞪口呆地看著他，還故作不在乎地問：「怎麼了，這很稀奇嗎？」

「你和她聊什麼聊這麼開心吶？」

「就一些出國旅遊的建議跟護照申辦的手續問題啊，我們還約了今晚吃飯呢。」茂輝說到「今晚吃飯」時，有些感動，這是他生平第一次成功約到女性同桌用餐。

這天辦公室裡洋溢著喜氣，女性同業們大都懷抱著嫁女兒的心情，替茂輝高興，同時慶幸自己終於不再成爲戰神的目標了，男士們則個個又是嫉妒又是羨慕，有的說：「早知道那麼好把，我就先上了，不然怎麼會讓戰神得逞？」

到了下午，大夥逗趣情緒漸漸轉變成不安。

一個五十歲的旅行社老闆，臉色青白地跑回辦公室，說自己本來要下樓，電梯無緣無故地在五樓停下，門一打開，一群眼睛翻白、渾身是血的「人」擠進電梯。

一個三十歲小主管說，走樓梯下樓時，途經五樓，聽見淒厲的尖叫聲，滿牆的血字和嗆鼻的煙味。

跟著又有更多的人在大樓各處，碰到各種嚇人情事。

一些年資較長的員工，開始述說當年命案的經過，同時也有人轉述嚴伯的話，便只這一個下午，鬧鬼的消息傳透了整棟大樓。

「小徐？小徐？」一個男員工突然想起小徐中午時，拿著相機嚷嚷要去拍照，但到了下班時間，卻還未回來。經他這麼一提，大夥兒都想起了這事兒。

「我們是不是該去找他？」忽而有人這麼說。

「那個死變態，讓他給鬼掐死算了。」一些平時受夠了小徐下流黃腔的女人們這麼說。

「別這樣，得有人去找他。」茂輝儘管春風得意，整日想著與娜娜今晚的約會，但仍不忘助人急難，立時提議要去找人，幾個平日好事的人，也紛紛附議，各自準備好手電筒，帶著放在錢包或抽屜裡的平安符，像是冒險一般，準備要去尋找小徐。

這小徐平時人緣不佳，茂輝呼籲半晌，也只拉得五男二女願意一同下樓找人。

「色情徐！你在嗎？」茂輝搶在最前頭，吆喝喊著。

五樓和先前一般，清冷燈光閃爍不定，除了這行人的說話腳步聲音，再沒有其他動靜。大夥魚貫往廁所前進，大多嬉笑怒罵，討論起小徐這個人平日的下流言行舉止。

可越深入五樓，大夥紛紛打起冷顫，嬉笑的聲音漸漸少了，取而代之的是低聲交談：「你們覺不覺得有點冷？」

眾人來到女廁前，朝裡頭叫喊幾聲，只見裡頭燈光同樣明明滅滅，每一間廁所門都是虛掩著，也不知道裡頭有沒有人。

「我……我中午來的時候，燈是好的。」阿茵害怕地說。她本不願來的，但心中還是介意小徐說要拍她如廁後的馬桶，跟在其中，若是見到小徐，便要將他相機相片刪個乾淨。

茂輝和另五個男人擠進女廁，大夥腳步都十分謹慎，猶然記得午間阿茵提及的著火之人。

一陣驚呼吵鬧之後，小徐被六個大男人七手八腳地自其中一間廁所拖出，滿頭滿臉都是糞便，幸好他還有氣息，像是被嚇暈了。

男人們將小徐放下，紛紛掩起鼻子或轉身洗手，不約而同望向阿茵——

他們都在猜測，小徐頭臉上那些糞便，是否是阿茵的。

阿茵惱怒地辯解：「你們看我幹嘛？那是他自己拉的大便吧，變態成這樣！」

茂輝翻出水桶，接水往小徐頭上沖，沖落他頭臉上那些糞便，也順便將他沖醒了。

小徐一醒，便開始大叫，一聲接一聲地叫，直到救護車來，醫護人員對他施打了鎮靜劑，這才安靜下來，躺上擔架被載走。

茂輝手中還拿著小徐的數位相機，大夥開機查看，相機之中不但有馬桶的照片，竟還有其他女同事的相片，大多是自樓梯間所拍下的走光照。眾人們一面罵一面看下去，突而發現檔案最末，有個錄影檔案。

內容竟是小徐學著新聞報導的方式，拍攝阿茵如廁之後，忘了沖水的馬桶。大夥聽小徐尖拔的語音，介紹著馬桶之中的情景，和藉此推斷阿茵健康狀況等等，都覺得噁心極了。

阿茵惱怒地要搶相機，一個男人唔了一聲，指著相機說：「那是什麼？」

大夥兒定神看去，見到相機螢幕當中的錄影景象漸漸亮起，光芒閃爍不定，像是附近有火焰燃燒。

鏡頭開始晃動，小徐似乎也發覺了異狀，他發出一聲尖叫，跟著鏡頭激烈晃動，落到了他鞋子上，而後滾落至地。自此鏡頭一直拍向天花板，小徐的身子激烈抖動，驚叫聲接連不斷，不知看見了什麼。

錄影畫面結束，相機記憶容量用盡。

這群人之中，本來不信邪的也不得不信，都同意這棟大樓眞的開始有些古怪。

大夥不發一語地上樓，收拾東西，各自下班返家。

03 六月十二

這日天氣依然晴朗。經過了前陣子的梅雨季，這幾日大都是這般的艷陽天。

茂輝今兒個的服裝特別醒目，上半身是一件淡紫色絲質襯衫，結著鮮紅領帶，下半身則是米黃色的西裝褲，整體裝扮配色比電視節目的主持人還要花俏幾分。

他吹著口哨，還沉醉在昨晚和娜娜的燭光晚餐，昨晚他們在一家法國餐廳裡，暢談好幾個小時，從天南聊到地北。茂輝從自己八歲那年講起，一直講到今年二十八，得意忘形之餘，竟將自己上達十樓下通一樓的彪炳戰史都說溜了嘴，直到說完才突而想起豈能在約會對象前暢談自己的發情史。

娜娜卻始終掛著微笑，似乎一點也不介意茂輝的自吹自擂。

茂輝偶爾也問些關於娜娜的事，娜娜只說自己住在外地，來探望家人，處理些家中事務，會待上一段時間。

茂輝也聊些音樂、電影、藝文等等的話題，娜娜都樂於和他暢談。令他訝異驚喜的是，原本他以爲自己已經和台灣流行文化脫節了，現在的中文流行歌曲，他大多聽不出滋味，綜藝節目上的年輕偶像明星、當紅歌手，他往往記不住誰是誰。當他模仿那些九〇年代偶像明星的動作神態說話時，或是透露自己會聽著十年前當紅的歌曲而感動得紅了眼眶之際，常常被年輕女孩當作怪胎，甚至比他年長的女性都以此取笑他。

然而娜娜卻不一樣。當茂輝提及某個過時歌手哪首歌多麼好聽時，娜娜總是會興奮地附和說自己也愛；當茂輝將褲腰帶拉至近肋骨處時，娜娜會說「你的腿很修長」，而不會說「白痴，誰教你把衣服全塞進褲子裡」；當茂輝撥動他頭上那頂中分得誇張的中長髮時，娜娜會說「你的髮型跟剛出道的郭富城很像」，而不會說「你的髮型很像香菇，更像龜頭」。

娜娜甚至比茂輝更了解那些過時偶像明星，當他們談到在十餘年前紅遍大街小巷的一首歌時，是娜娜先記起那位歌手的名字，還講了些茂輝聽過卻忘了的八卦花絮。

茂輝覺得自己愛上了她。雖然他時常愛上別人，但這次的感覺不一樣，那是一股濃烈的、難以形容的情緒。

娜娜離開之前，還答應了茂輝隔天的邀約。

茂輝從來沒有這麼快樂過，他搖頭晃腦地和嚴伯打招呼，卻見嚴伯疲懶地窩在藤椅彎裡，呆愣愣地望著外頭大馬路。

「怎麼了，嚴伯，有心事嗎？」茂輝親切地問。

「俺辭職了。」嚴伯挑了挑眉，無奈地說：「他們根本不將俺的話當一回事兒，所以俺只幹到這個月底。」

茂輝有些驚訝，伏在警衛櫃台前和嚴伯聊了挺久，原來嚴伯也撞上怪事了。

昨日下午，嚴伯才剛和這大樓辦公室接手屋主的私人祕書又通了一次電話，正在氣頭上，接到幾個女性員工的求救電話，說是在樓梯間瞧見幾個流竄黑影，不敢下樓。

嚴伯立時抄起藤椅旁的防身棍棒，氣呼呼地上去救人。他剛起身，突然有個熟悉卻久未聽聞的聲音在他耳邊響起——

「老嚴、老嚴，你別管這事了……」

他先是一愣，只當自個老了耳朵不中用。他來到電梯前，伸手按上樓鍵，卻怎麼也按不下，不是向左一偏，便是向右一拐。

「老嚴，聽哥兒們的話，別多事，你也老了，在家享清福吧。」

嚴伯這次聽清楚了，那是他以前的老鄉，前一任的大樓管理員。

「老何！是你提點我嗎？」嚴伯七分驚訝，三分害怕，大聲嚷嚷，也得不到回應。他牛脾氣發作，硬是舉起棍棒，朝電梯按鍵上一頂，終於頂著了上樓鍵。

他進電梯來到五樓，門緩緩開了。嚴伯哼的一聲，提著棍棒出去。只見到三個女性員工，瑟縮在樓梯角落，都摀著眼睛，擠成一團。

「什麼事？發生了什麼事？」嚴伯大聲問著。

一個女員工抬起手來，指著廊道那端說：「那兒失火了……」

「哪有火……？」嚴伯順著那方向看去，靜悄悄的沒有一點事。回過頭來，卻見到那三個女性員工抬起了頭，眼睛紅殷殷的，臉上有些灼傷痕跡，嘴唇也爛糟糟的。

「燒起來了……燒起來了……」三個女性員工喃喃說著，彷彿受到極大的驚嚇，拉著嚴伯的胳臂。

嚴伯只感到她們的手忽而寒冷如冰，忽而灼燙似火，而她們的臉上，是滿滿的哀怨。嚴伯驚懼之餘，大喝一聲：「做什麼！」

三個女性員工一溜煙地跑沒了。嚴伯是見慣大風大浪的硬朗老漢，過去雖然沒見過鬼，卻也沒讓三個女鬼給嚇著，他不知是爲了強充豪氣，還是盡忠職守什麼的，硬著頭皮提著棒子在樓梯之間巡守好一會兒，護送了幾批員工上下樓，這才下樓返回管理員櫃台，坐上藤椅，回想起方才情景，漸漸開始覺得害怕，出了一身冷汗。

「俺老了，有些事使不上力了……」嚴伯這麼說時，神情有些悵然。

「嚴伯，你還年輕！幾隻鬼嚇不倒你的！」茂輝拍拍嚴伯的肩，這樣安慰他，又問：「但你辭了，往後這生活……」

嚴伯對這工作倒是不以爲意，得意地說：「嘿嘿，那些王八羔子還以爲俺缺這口飯吃。他奶奶個熊，俺兒子比你還大得多，事業可好了，俺孫子都生兒子了。俺是不想閒著在家納涼，才一直幹到現在。不幹也好，回家準備抱曾孫子囉，呿！他奶奶個熊！」

「咦，那些傢伙在幹啥？」嚴伯這麼說時，突而指指閉路電視螢幕，三台電視共有二十七個切割視窗，不停輪流轉換著十層樓當中數十個監視攝影機的畫面。

茂輝見著嚴伯所指的其中一個視窗，是文原讓三個男人堵在三樓至四樓的樓梯間，文原唯唯諾諾地不停彎腰點頭，像是在道歉。那些男人卻不領情，其中一個伸手推了文原一把，跟著順手就是一巴掌打在文原臉上。

「文原被人打！」茂輝大叫一聲，趕緊按著電梯按鈕。嚴伯也馬上按下了保全通報鈕，跟著又提起棒子，自藤椅中虎虎站起，氣呼呼地也來到電梯門前，盡自己最後一份心力，口中還不停啐罵：「他奶奶的，哪兒來的小混混，敢到俺的地盤鬧事？」

茂輝看電梯仍停留在六樓，回頭見畫面已經轉到下一台監視攝影機的景象，不知道文原此時情形，連忙轉去消防通道，奔樓梯上樓，他連奔數層樓，聽見上頭傳來了爭執聲音。

兩個男人架著文原，另一個叼著香菸，一巴掌一巴掌地朝文原臉上打。

「你們幹什麼！」茂輝氣喘吁吁地奔向幾個男人身旁，嚷嚷大叫。

動手打人的男人停下動作，回頭看了茂輝一眼，朝著他罵：「你少管閒事，滾遠一點！」

茂輝陡然一愣，他並不懼怕這傢伙斥罵，而是突然覺得對方有些眼熟，一時之間卻想不起來那是誰。

「他奶奶個熊，是誰在這兒打人？」電梯門敞開，嚴伯抄著棒子趕來，舉起鐵管指著那三人破口大罵：「俺已經報警了，你們還不滾？」

「老不死的……」那帶頭男人叫作良哥，怒眼瞪著嚴伯，神情一下子猙獰起來。

茂輝吸了口氣，認得他了，這良哥正是之前他在五樓那扇上了鎖鍊的門外，所見到毒打逼債的那群人之中的頭頭——那個面目猙獰猥瑣，拿著老虎鉗對女人施以酷刑的傢伙。

他這時面容蒼老了些，但眼眉之間那股凶邪神情，茂輝可是印象深刻。

「你看啥小？」良哥見茂輝目不轉睛地瞧著他，順手便一巴掌甩過去，打在茂輝臉上。

茂輝不是個逞凶鬥狠的人，但在挨了巴掌的當下，他想也不想，還擊一拳在良哥鼻梁上。

良哥沒有料到眼前這青年竟爽快還手，鼻子挨了重重一拳，坐倒在地，鼻血登時洩下，染紅了整片領口，他那兩個跟班立時鬆開了文原，奔來揪著茂輝領子開始揍他。

「混蛋，你們想幹嘛？」嚴伯搶上去幫忙，和兩個跟班拉拉扯扯起來。

三、四樓聞聲而至的人漸漸多了，有些平日和嚴伯、茂輝交情好的員工，紛紛趕來助陣，大聲喝問著：「發生什麼事？」「誰在欺負我們的戰神？」

良哥見大批員工圍來，儘管氣惱，也莫可奈何，抹抹鼻血，手一招，帶著兩個男人下樓，臨行前還瞪了茂輝一眼，說：「我會記得你的。」

□

自助餐店裡，文原靜悄悄地縮在最角落的座位，看著菜盤發愣，一點胃口也沒有。他的雙頰還留著巴掌印。

「嗨，老闆要我們準備準備，明天氣功聯誼會的婆婆奶奶們會一起在聯誼會裡頭過夜，隔天一早遊覽車就來接人囉。」茂輝打著招呼，端著自己的飯菜，拎著兩罐飲料走向文原，遞給他一罐。

文原搖搖頭，沒有接下飲料。

「都這麼熟了，幹嘛悶不吭聲的，有什麼困難，怎麼不告訴戰神哥哥我呢？」茂輝嘿嘿笑著，搭上文原的肩，自顧自地喝起飲料，吃著飯菜。

「我不想連累別人，沒有人幫得了我，都怪我自己不好……唉……」文原低下了頭。

「你欠多少？」

「你怎麼知道……？」文原有些驚訝。

茂輝苦笑說：「這不太好解釋，總之我認得那個良哥，也知道他是幹哪行的。他帶人打你，除了向你討債，我想不出其他原因了……」

文原苦嘆口氣，伸出三根手指。

「三十萬？」

文原搖搖頭。

茂輝一愣，那自然不會是三萬，有些驚訝地問：「三百萬？怎麼會欠那麼多？」

「之前我家裡出了點事，需要用錢……」文原攤攤手說：「我只跟他們借二十萬，誰知道他們怎麼算的，幾個月變成三百萬，就算把我切了拿去賣，也還不出來啊……」

「報警呢？」

「報過了，警察叫我別理那些人就好，說他們只會嚇唬人。我說我生命受到威脅，他們說我好端端的，不像受到威脅；我說我擔心家人安危，他們說等出事再說，現在沒辦法受理。」

「……你能還多少？」茂輝一口將飲料喝乾，想了想，說：「我戶頭還有十來萬，我整棟樓還認識不少人，大家湊一湊或許湊得出來。」

「你對我這麼好幹嘛，咱們同事還不到一年。」

「朋友有難，江湖救急，這算什麼。」茂輝這麼說，還大力拍著文原肩頭。

「茂輝哥……你武俠小說看太多了。」文原的聲音空洞而無奈：「沒用的……我不是沒有試過還錢。但等錢湊得差不多了，他們又會說我欠四百萬、欠五百萬，利息隨他們怎麼算，永遠也還不完……」文原說完，低垂著頭下樓。

茂輝看著文原離去的背影，是那樣地了無生氣，猶如行屍走肉。

「你人挺好的。」娜娜伏在大樓樓頂的圍牆邊，看著遠方山脈頂端那彎落日餘暉終於消逝。天際由橙紅轉爲淡紫，跟著是深紫，流雲之後現出點點星光。

「我人本來就很好，大家都說我是新好男人。」茂輝陪在一旁，七嘴八舌地說：「別看我平時勤奮工作、打拚事業，我在家裡也會做菜，什麼紅燒蹄膀、清蒸魚啦，樣樣都行。」

「我是說你打了那個人一拳。」娜娜看著遠方漸漸讓天色同化的都市樓宇，高樓窗子一扇扇亮了。樓底下的車流壅塞，每台車的屁股都像是長了對紅眼睛，匯聚出一大批正欲返家的下班車潮。

「妳千萬別誤會，我不是個凡事訴諸暴力的人，實在是……實在是他該打。」茂輝解釋。

娜娜點點頭說：「我也覺得他該打。」

「明天你可以不要上班嗎？」娜娜忽而這麼說，又補充了一句：「明天我想出去逛逛街，你陪不陪我？」

茂輝欣喜若狂，卻又想起明天週五要通宵加班，得準備遊覽車上的餘興節目、抽獎摸彩等瑣碎事情，一直到隔天早上，陪著氣功阿嬤們搭遊覽車前往宜蘭，度過那蘭陽溪谷三日遊。

「唉，要是跟娜娜妳三日遊就好囉，我們可以看翠峰湖的日出、雲海，還可以去煮雞蛋、逛酒場。」茂輝無奈地說。

「所以，你明天可以不要上班嗎？」娜娜再一次重複這句話。

「我也很想不要上班，但是沒辦法吶。」茂輝看著遠處燈火，指著大樓上每一戶猶自亮著的窗，說：「妳看那邊、那邊，還有那邊，很多人現在還在加班，每個人都在工作、每個人都很忙，大家都只是盡著自己的本分。」茂輝這麼說時，又撥了數次頭髮，擺出一個很有智慧的表情，悠悠地說：「大家都像一隻小螞蟻，看來微不足道、身不由己，但是這個世界，就是靠我們這批小螞蟻支撐。」

娜娜沒再說什麼，只是微微笑著。

□

這天晚上，茂輝睡得極不安穩，他翻來覆去，只覺得半夢半醒之間，眼前花花亂亂的，很亮、很吵鬧。

床鋪熱烘烘，薄薄的被單像是突然變成厚棉被般沉重悶熱，他渾身冒汗，卻爬不起身。

他正作著夢，夢見自己端坐在一張辦公桌前，將桌面收拾乾淨，提起公事包，正要下班。周遭有許多和他一樣的同仁，每個他都不認得。但他認得窗外的景象，他在他現正工作的商業大樓裡頭。

影像十分凌亂破碎，節奏時而快、時而慢，像是一台壞了的放影機，正播放一卷發了霉的影帶，講述一段悲傷的故事。

故事中的時間是紛雜錯亂的，有時是黑夜，有時是白天，有時是黃昏。

在一個寂靜的深夜，他提著公事包，也不知道是要去上班還是下班，他緩緩地走，在廊道之中循著聲音前進。廊道間的景象他並不陌生，有些公司招牌他不久之前在五樓見過。

這條廊道的時間點，似乎在七年前火災還未發生的夜晚。

時值深夜，就連清冷的日光燈也關去了大部分，只留有幾盞微微小燈。

眼前廊道的兩側牆上漸漸浮現出字跡，那些字，每一筆、每一劃都極其凶烈，鮮紅的顏色像是要淌出血來。

他來到那靠近另一端樓梯口的最後一戶門前，見到有幾個人正在門外潑漆寫字，是群面貌凶惡的傢伙，有的大力拍門、有的怒罵、有的獰笑。

他的身子穿透過門，來到房裡，見到一對夫婦神色慌張地來回走動，先生焦慮地直抓頭髮，妻子撥打著電話，激動和電話那頭懇求對話著。

他感受得到這屋子之中的焦慮，形成一股焦躁的風，吹得他口乾眼燥。

磅的一聲，門轟然打開，幾個凶神惡煞闖了進來，這些人的眼睛都是深黑色的，像兩個空洞，沒有靈魂也沒有人性。

茂輝知道先前見過的血腥場面將要重演，張口想大聲求救，但發不出任何聲音，他想逃脫現場，也逃不出去，回過頭來，只見到夫婦跪在地上，先生不停地磕頭求饒，一點用處也沒有，只是換來堅硬的皮鞋一踢，踢落了他兩顆牙。

黑色眼睛的傢伙們，其中一個就是良哥。七年前的良哥。

他們將男人綁在一張椅上，良哥當先舉起帶來的棍棒，碭的一聲打在男人的膝蓋骨上。

茂輝讓那骨碎聲音嚇得身子一抖，覺得眼前閃了一下紅。

他背過身去，覺得地動天搖。一記一記的擊打聲都會使四周震出紅色，地板上一股一股的紅霧自背後捲來，每每一記擊打聲、一股紅霧捲來，他的腿都會跟著隱隱作痛。但這當然比不上男人本身承受的痛苦了。

他背著身子，不停發抖。怒罵威脅的吆喝聲、撕心裂肺的悲鳴哭嚎一聲聲鑽入他的耳朵。那些叫聲有時像在遠山低迴擺盪，有時卻像在耳邊轟然炸響。

背後男人的嘶吼聲、女人的慘叫聲更加尖銳了。那是良哥拿著老虎鉗，恣意凌虐著女人。

茂輝完全不敢回頭，儘管摀起耳朵，恐懼還是不停襲上他全身，他覺得身上沾染綑縛著一股醬黏感，那是血和肉渣混合在一塊的感覺。

不知道過了多久，四周漸漸安靜，他感到那些黑色眼睛的禽獸笑著離開了。這才緩緩回頭。女人一動也不動了，赤裸的身子上某些傷處令人不忍卒睹。男人落在地上，僅能用兩隻手撐著地板爬動，男人的雙眼通紅，奮力爬著，摟住了動也不動的女人，親吻她的額頭。

茂輝替男人難過、替男人抱不平，但一點也無能爲力。這是七年前發生的事，血淋淋在他眼前上演。這種慘事屢見不鮮，悲劇無時無刻都在發生，當有人暢快用餐、睡夢香甜時，在城市看不見的一角，同時有人在哭泣、身陷地獄之中。

影像突而快轉，自黑夜到了天明，從白晝來到黃昏，男人呆滯著，動作一變也沒變，嘴裡呢喃著不知是什麼樣的話語，這當中茂輝只見過他偶爾起身，搬了一些厚重桌椅，擋住了門，跟著返回原地，維持同樣的姿勢。

茂輝身子向後退去，那是下班的前一刻，廊道之中，瀰漫著難以言喻的氣氛，裡頭每個人都是一臉漠然，彷彿知道末日即將來到。

他漫步在廊道之中，和每個人錯身而過，每個人的臉更加陰鬱了。

有個小男孩迎面而來，茂輝認得他，那是上一次見過的那半邊臉焦黑的小孩。此時那小孩還好端端的，只是神情有些憂傷，小孩將球丟到茂輝的腳邊，茂輝將球拾起丟還給他，兩人便這樣一來一往地玩了幾球。

老先生四顧望著，在廊道之中奔走，問每一個人有沒有見到他的小娟，老先生的樣子也是茂輝先前見過的，只不過他那時是坐在一張藤椅上。

老先生到了茂輝面前，噫噫呀呀地比手畫腳，焦慮地拉著茂輝的手，在廊道之中穿梭，到了一戶門前，推開門進去，裡頭陳設不是公司，是尋常民居，門口有散落的拖鞋，飯桌上堆著尚未收拾的碗筷和幾張報紙，神桌上還點著香，供奉著菩薩、祖先牌位和小娟的牌位。另一個老婦人則坐在另一張椅上，靜靜縫織著毛衣，想來應當是老先生的老伴。

茂輝指指牌位，告訴老先生，小娟就在那兒。老先生似乎有重聽，支支吾吾地好半晌，這才又記起小娟在牌位上，突然哭了，哭得十分傷心，抽噎不止。

茂輝拍拍老先生的肩，四處走動，他看了看廚房、看了看飯廳、看了看老先生和老太太的臥室，打開一扇門，那是小娟生前的房間，完整地保留原樣。

有書桌、有床，書桌上整齊擺放著幾本書，架子上有音響和音樂ＣＤ，一些音樂卡帶——那時卡帶還沒完全淘汰，價格大約是ＣＤ的一半。

茂輝在牆邊看著幾張小娟幼年時的照片，他點點頭，心想小娟小時候可愛，長大了應當是個美人胚子。茂輝的視線停留在一張小娟高中時拍攝的照片上，他覺得自己眼睛花了。

跟著是一張大學時代的照片，再來是大學畢業的照片。

他感到一陣駭然，在房間之中怪叫，回過頭去，雙手按著書桌，翻動了幾本書，其中一本是筆記本，翻開來，裡頭是些瑣碎的記事，有小娟的隨筆詩，一些凌亂的練字筆跡，一些塗鴉，和幾個英文名，是她給自己取的，還在每個名字旁加上註解，記錄她對那些名字的印象。

其中一個名字以紅筆圈了起來，像是雀屏中選一般。

Nana。娜娜。

很時尚，很都會，很有活力，充滿了希望，非常適合即將成爲社會人的我。

註：我很快會好起來的。

茂輝雙手發抖，將那筆記本反覆翻看了好幾次，緩緩地闔上，一味地搖著頭，想要將方才見到的東西從腦袋裡甩脫出去。

茂輝出了房間、離開老先生家。往廊道那頭走去，眼前是樓梯和電梯，正有一批搬運工人上來，將一些辦公桌椅，一箱一箱的資料、貨物，堆放在樓梯口，貨物非常多，將整個樓梯都堵死了。旁邊一戶裡頭正粉刷裝潢著，新的公司即將新遷入，這些貨物大概會在這樓梯口堆放一段時間吧。

樓梯底下鬧哄哄的，似乎有人開始埋怨這些貨物不該擋著路，搬運工人也頗無奈，他們聽命做事，不放這兒也沒地方可以放了。

底下的人語氣凶狠，似乎和搬運工人們起了衝突，不停往上擠來，撥倒不少貨物，是好幾個流氓模樣的傢伙，每個人手上都拿著一桶東西。

茂輝打了個冷顫，帶頭那個是良哥，這個惡魔又來了。其中一個搬運工人給良哥的手下以一只玻璃瓶打破了頭，裡頭的液體潑灑一地，刺鼻的氣味瀰漫而出，那是汽油。

忽然良哥的手下驚叫一聲，他在打鬥中掉落的菸尾巴，讓那刺鼻液體一濺，冒出火來，火星掉落在四周堆放著的貨物之中，燃燒起來。

搬運工人們、附近的員工，紛紛來幫忙滅火。

良哥一行啐了幾口口水，哈哈一笑，往另一端趕去，還隨口說著：「反正都要燒。」

茂輝感到一陣憤怒，他追著良哥一行，從這頭追到那頭，那被逼債的成衣商，門戶不但上鎖，且門後堆滿了桌椅，良哥帶著兄弟猛踹了幾腳，就是踹不開門。他面貌猙獰，黑黝黝的眼洞之中，流露出殷紅血光，使了個眼色，手下們拿出袋中的鐵鍊，穿過兩柄門把，一圈圈綑著，最後鎖上了個鎖頭，茂輝依稀聽他們獰笑著說：「你再不出來，以後就甭出來了！」

良哥嘿嘿笑著，向裡頭喊話，向遠處圍觀的人叫囂。茂輝撲衝過去，想搶下他們手中的汽油桶，但這是夢，搶了也沒用，這是已經發生過了的事。且他根本搶不下來。

茂輝僅能見著良哥點了根菸，往地上的汽油一丟，那火勢轟然閃耀，如爆雷一般。在火勢另一端的良哥等人，似乎也沒料到這火勢燒得如此猛烈，他們當中幾個也被波及，手腳都給燒著了，連滾帶爬地自那端樓梯逃下。

其中有一個手上猶自拎著一瓶汽油，直到火捲上了衣服，這才知道不妙，卻已經來不及了，他手中的汽油罐子爆裂，火將他吞噬，他尖叫跑著，跑入樓梯口的廁所，打開水龍頭，想掬水往頭臉上潑，只潑了兩下，就不動了。

那火勢越燒越烈，幾個落在原地的汽油瓶子跟著炸了，一團團火中竄出濃烈黑煙，電路讓火燒壞，五樓登時一片漆黑，僅能從某些敞開著的門戶，看向裡頭的窗，外頭是夕陽，火紅色的夕陽和樓裡頭的慘況相互呼應，彷若末日來臨。

四周都在搖動，焦味、尖叫聲、絕望的哭聲，充滿了整個廊道，茂輝同樣感受得到高溫和濃煙嗆鼻的味道，那些驚慌失措的員工們，紛紛往逃生樓梯方向擠，但是到成衣商公司前才知道，大火就是從這兒發生的。

「走前面！走前面！」茂輝尖叫著，指向廊道另一端的主樓梯口。他拚命奔跑著，見到小娟父母扶持著彼此踉蹌奔出，似乎還不知道發生什麼事。茂輝拉著他們往前頭的樓梯口逃。

也是火。

剛剛堆積貨品的樓梯口的火勢不但沒有給撲滅，且更爲炙烈，新遷入的公司做的是化妝品生意，那成堆的貨物之中，堆著許多香水。

五樓兩端出入口都成了死路，絕望的聲音淹沒一切，茂輝見到身旁的老先生和老太太，在推擠之中跌倒，在濃煙底下找尋對方。茂輝想要幫忙，但那炙熱的火和風，將他捲到了更遠的地方，他只能眼睜睜看著七年前的慘劇重演。

老太太嗆得昏了，老先生好不容易揪著了她的手，卻拖不動她，沒過多久，老先生也不動了。這對老夫妻是小娟的父母。

是娜娜的父母。

茂輝緊握著拳頭，大叫大嚷，他心中憤怒、悲痛，但毫無辦法。只能眼睜睜地看著每一個人，在濃煙中嗆倒，被火舌捲上。

茂輝感到身旁有身影晃動，轉頭，是娜娜，就在他的身邊。

娜娜流著淚，靜靜看著伏在火海裡的父母。

茂輝動了動口，想說些什麼，娜娜只是看了他一眼，淒楚一笑。

04 六月十三

茂輝醒來時，眼睛濕漉漉的。他在床上發了好一會的愣，突然覺得有些冷，打了一個冷顫，跟著是好幾個噴嚏。

他強撐著身子下床，看看鐘，竟已十點半。他拍拍臉，還得去上班，還得替聯誼會那些氣功阿嬤們想些遊覽車上的好玩花樣兒，否則長途車程，老人家搭來可是十分艱苦。

茂輝好不容易打點完畢，騎車趕往公司途中，發熱、發冷、噴嚏、鼻水、咳嗽、頭暈什麼都來，差一點就要摔車，想起他前兩天買了感冒藥，一進大樓大廳，趕緊吞了一顆。

大廳櫃台裡，嚴伯見到茂輝，招他過去，從藤椅後頭抽出根球棒給他，神祕兮兮地說：「阿輝啊，今天十三號，明天就十四了，你小心點。」

茂輝見嚴伯藤椅後頭還藏了好幾支傢伙。他接過球棒，強打起精神，上了六樓聯誼會，和氣功阿嬤們親切地打招呼，幫她們打開幾瓶鎖得死緊的罐頭，和她們一同收拾大家帶來的那滿滿一沙發的零嘴食糧，都是要在明天路上吃的。

氣功阿嬤們拉著茂輝要一同練功，茂輝照著蹲個馬步，打了幾招，再也沒有力氣了，只得投降說自己還有事，跟著步履蹣跚地逃出聯誼會。

一旁的風水相命舖，阿水師揹起大包小包，拿著羅盤，神經兮兮地左顧右盼，似乎在懼怕什麼，口中喃喃唸著：「待不下了，待不下了……」

阿水師見到茂輝，猛搖著頭，說：「唉，你印堂發黑，黑到骨子裡了。」

茂輝一愣，問：「阿水師，你揹大包小包，要去旅遊嗎？」

「旅你個頭，我是要跑路的。阿輝，你感覺不出來嗎？這邊太陰啦……」

茂輝攤攤手，表示不置可否。

「唉，我跟你也算是有緣了，這個給你保平安，你自己保重。」阿水師掏出一本小冊子，那是他自己編寫的經書，裡頭寫著他的見解和思想，正面書皮是阿水師結著手印的照片，內頁有他的親筆簽名。

茂輝接過那冊子，翻看幾眼，狐疑地問：「這……」

阿水師解釋：「你碰到了不乾淨的東西，就大聲唸裡頭的字，他們不敢接近你的。」

「謝謝你，阿水師。」茂輝目送阿水師離去。跟著回到自己辦公室。有些閒來無事的同業男女們，聚在一旁閒聊雜談，但他們分成了兩派，似乎在爭辯著什麼。

大家見到茂輝來，都向他招手：「阿輝，過來！說說你的看法！」

茂輝擠了過去，見到一群人圍著一張桌子，桌上是一張大紙，紙上畫著一個大圓，圓上是密密麻麻的字，一旁還有一個小碟子，這是碟仙。

「哇！碟仙！」茂輝啊了一聲，連連搖手：「你們吃錯藥啦，玩這個幹嘛？」

「怎麼了，我們都以為你會喜歡。」「你不是最喜歡這些無聊玩意兒嗎？」一邊的同業員工們這樣說。

另一邊則紛紛支持阿輝：「阿輝說的沒錯，你們別鬧了，嫌這幾天還不夠亂嗎？」「對啊，要聽戰神的話吶！」

由於這些天來的騷亂，整棟大樓人心惶惶，裡頭大部分的公司行號都無心安排出遊，這使得以整棟大樓為主要業務對象的七樓數十家旅行社，裡頭的男男女女全閒得發慌，白白旅行社能接下氣功聯誼會這團，可讓其他同業老闆欣羨不已。大家都說氣功阿嬤們天不怕地不怕，什麼妖魔鬼怪魑魅魍魎都嚇不倒她們。

便由於這樣的閒，大夥們窮極無聊之際，紛紛發表自己的看法。

「嚴伯信誓旦旦地說，今晚很可能是鬧最凶的一夜。」阿茵這麼說。

「哼，還真想見識一下。」一個無神論者說。

「我聽人家說，心中有正氣，鬼就害不了你。」常看鬼故事書的傢伙說。

「難怪小徐嚇成那樣，現在還在醫院躺著，他心中一點正氣都沒有。」阿茵附和。

午後五點四十五分，接近下班時間。五樓廊道中，燈光閃爍依然。三十餘名男男女女，大都是七樓數家旅行社的無聊員工，也有幾個受了這些旅遊員工的慫恿，覺得好玩有趣而一同參與的，抱持著「團結力量大」的心態，要正面挑戰這些時日的種種傳說。

這些人當中包括閒來無事者、鬼怪愛好者、膽大包天者、不信邪者、愛湊熱鬧者，跟被上述這些傢伙強拉來充場面者。

大夥各自拿著數位相機、具拍照功能的手機、手電筒、各式各樣的護身符等等。由於參與人數眾多，還拆分成甲、乙兩隊，浩浩蕩蕩地分別從兩端主副樓梯揮軍而下，相約於五樓廊道中央會合。

茂輝因爲感冒，整個人昏昏沉沉，莫名其妙地被大夥兒推舉爲甲隊隊長。雖然他心中忐忑不安，但一來生性好事，抗拒不了冒險遊戲，二來也怕其他人出事，因而還是扛下甲隊隊長頭銜，一同參與這年度捉鬼盛事。

茂輝領著甲隊下樓，在五樓樓梯間撞上自三、四樓上來的丙隊。丙隊也有八個人，分別是一個設計公司、兩個網路公司的無聊員工，他們收到樓上朋友傳來的ＭＳＮ訊息，便也興致勃勃特別組隊趕往支援。

「現在的年輕人眞的很無聊。」一個正準備下班的某四樓主管，經過樓梯間時，聽到樓上熱鬧盛況，無奈地搖頭嘆氣。

丙隊的成員大都認識茂輝，索性直接併入甲隊，由兩個膽子大的男生打頭陣，他倆拿著相機，開啓攝影功能，一步步往前，茂輝領著大隊人馬緩緩跟著，一分鐘不到，甲乙兩隊已經在廊道之中會合。

大夥兒覺得沒有預期之中的刺激，那些不信邪的，攤攤手，理所當然地表示：「人就是這樣，只會自己嚇自己。」

也有些好事的開始起鬨：「一點都不有趣，誰去把電燈關掉？」

「也許現在天還沒黑，我們應該天黑玩比較刺激。」

「你們都沒聽嚴伯講的故事嗎？」一個網路公司的年輕男孩說：「七年前的一場大火，燒死了很多人，最慘的是誰你們知道嗎？是樓梯口的成衣商夫婦！在失火的前一個晚上，他們還被地下錢莊的人狠狠地凌虐過。」任職於網路公司的男孩擅長蒐集資料，加上他親戚在警察機關工作，得到了一些內幕情報，包括那成衣商夫婦的驗屍結果。

茂輝聽著，這些內幕他不但見過，且見過兩次，一次在經過五樓時，一次在夢中。

他抿著嘴，腦中一片混亂，既然夢中情景和嚴伯、網路男孩的說法不謀而合，那便是真真切切發生過的事。那麼在夢中老先生、小娟的家之所見，也是眞的囉？

那麼娜娜……

茂輝搖搖頭，仍不想承認這令他心碎的事實。他拿出手機，在通訊錄中找著，怎麼也找不到娜娜的電話號碼，在通話紀錄之中也找不到。他努力回想，什麼也想不起來。

「我們就去看看那成衣商的公司。」不知是誰提議著，大夥一呼百應，你推我擠地轉向，往那廊道一端的最後一戶前進，大夥兒有說有笑、有吃有喝，有的拿相機拍照、有的以手機對親朋好友進行實況轉播，像極了一群參加校外教學的小學生。

到了那門外頭。門是青綠色的，門上的小玻璃窗自內貼上了報紙。在事件發生之後，五樓當然進行過大翻修，翻修之後，閒置許久，開始有公司租下五樓之中的單位作爲倉儲。但一直至今，從前成衣商那戶，還是沒有公司行號進駐。

幾個膽子大的，互看一眼，伸手要去推門。

「等等，大家靜一靜！」茂輝大聲地喊，待大家靜下，他先咳了幾聲，嚥了口口水，緩緩地說：「我一直沒有跟大家說過我這幾天的遭遇，你們聽完之後，再決定要不要進去……」

跟著茂輝將先前在五樓的怪遇，一五一十地說了，在描述至成衣商夫婦遭虐的場景時，許多人都紛紛倒抽了冷氣，大夥心中將此事和先前網路男孩的說法印證，都想若這是眞實發生過的事，那麼也太悲慘了。

茂輝說完，有一半以上的人不再堅持要進入這戶。但也有另一半的人更加興奮，心臟怦怦地跳個不停，他們說：「都已經來到這兒了，沒有理由退縮啊。」

其中一人推了推門，門沒上鎖，兩扇門受了力，漸漸往裡頭敞開。

單位裡頭的窗戶上貼著報紙，這是因爲裝潢之後，完全沒有人進駐的原因。由於天色還未完全暗下，報紙隱約可以透進些光。有人伸手按電燈開關，卻發現燈還沒裝上，大家藉著微弱的窗光、門外的燈光，都清楚瞧見這單位裡除了地上厚厚的灰塵之外，空無一物。

「眞無聊，什麼東西都沒有！」有人發出這樣的埋怨。

「沒親眼見到，總會抱著遐想，眞見到了，倒會覺得沒什麼，人就是這樣。」也有人故作老練地評論。

「嘿！誰說沒有可以玩的東西。」阿茵自小背包裡，拿出了那張疊得整整齊齊的碟仙紙張，將之攤開，平整放在地上。

「好了，哪個膽子大的來吧。」阿茵拋了拋手上的碟子，將碟子放在紙上圓形圖樣中央的本位上，且第一個將指頭按在碟上。

「你們……」茂輝頭暈得嚴重，在上頭他反對玩碟仙，還有許多支持他的聲音，但此時下來湊熱鬧的，多半本來便有興趣一窺這傳說究竟。即使有少部分擔心害怕的，也都退到了門外，伸長脖子觀望。

茂輝無奈地交叉雙手，走到了窗邊，感到全身忽冷忽熱，悶得難受，忍不住揭開報紙一角，望向窗外。遠山那方，還露出一半血紅紅的夕陽，金紅色的餘暉灑在整個都市之中，底下車流游動，辛勤工作一天的人，紛紛準備要下班了。

茂輝覺得那夕陽紅得誇張。

和昨夜夢境之中大火前的窗外景色一模一樣，好似末日降臨。

碟仙大紙四周聚集了六個人，其中兩個是由無神論派推舉出來一同參與的，便是要看等等會是誰在搗蛋。

「別鬧了、別鬧了，我感覺到有人的手在出力。」有人這麼說。

碟仙盤子緩緩動著，四處游移，不但參與其中的六個人在內，便是連在一旁圍觀的數十個人，都興奮起來，紛紛拿起數位相機，將這奇景拍下。

茂輝儘管不安，卻也探頭過去，想瞧個熱鬧，他看看緩緩游移的碟子，看看六個人的表情，想猜出是哪個在搞鬼。

其中一個哇地大笑，是他背後的同事出手搔他，他一笑，鬆開了手，碟子登時停下。

「就是這個傢伙在搗鬼，我注意他很久了，明明就是他在推碟子。」

推碟子的傢伙，在幾個人的搔癢逼供下，承認了搗鬼的事實，惹來一片噓聲。大夥兒按著相機，紛紛洗去這段造假片段，跟著有新的人下場試試，一連玩了三、四次，都有人被揪出，有些人推得太假，被其他人扛到門邊阿魯巴伺候。

茂輝突而打了個大噴嚏，鼻涕掛至下巴，狼狽地跑出，趕至廁所清洗。他出廁所時，見到門外幾個不敢進去觀看的女生，其中兩個就是替白白旅行社製作宣傳網頁的小琪和瓊如。

瓊如彎下腰，撿起一個皮球，看看左右，遞還給一個跑來的小男孩，小男孩接過那球，呆呆看著瓊如，嗚咽哭了。

茂輝打了個寒顫，他認得那小男孩。

女廁之中，發出一聲尖叫，一個抽空去上廁所的女生，連滾帶爬地奔出廁所，尖叫著：「出來了！出來了！」

這一聲尖叫驚動了所有的人，在門外的幾個人，都見到那正逃至廁所門邊的女生，身子一扭，又給拖回去廁所。

「救人——」茂輝大喊一聲，他離廁所最近，當先撲過去，一把搆著那女生腳踝，便開始使勁地往外拖拉。

他驚恐地瞪大了眼睛，見到那女生的背後，隱隱約約有個人形，手穿過女生雙脅之下，將她往廁所裡拖。

幾個男人趕來幫忙，和對面那看不見的力量互相抗衡。女生讓這兩股力量拉得騰空，嚇得魂飛魄散，尖聲吼叫哭得嗓子都啞了。

屋裡玩碟仙的、看人玩碟仙的，聽見外頭的吵嚷尖叫，紛紛奔出門外，全都讓這一幕給嚇得傻了眼。

大夥使勁地拉，終於將那女生拖拉出廁所外。廁所裡的力量頓失，女生上半身跌在地上，狼狽地掙扎站起，尖叫著往樓下逃。

有一半以上的人跟著那女生逃，或是往上、或是往下，另一半人雖然沒有那樣驚慌，但全擠成一團，緩緩地撤退。

「別慌別慌！慢慢走、慢慢走！」茂輝身爲隊長，盡職地指揮著眾人撤退，他感到身邊還聚著一堆人，他吆喝著要他們走，他們卻不太理睬，只是緩緩地晃動。

茂輝頭暈、頭痛、反胃，不停地打噴嚏和咳嗽，他探頭向成衣商那間空房大聲道：「別玩了！走吧！」

裡頭連阿茵在內的六個人的臉色極難看，身子劇烈地發抖，彼此四處相顧：「我的手抽不回來耶……」「啊……天黑了……太陽下山了……」

「還玩，都出事了！」茂輝又朝裡頭喊了一聲，探頭去望，不禁呆怔了怔。

阿茵等拚命想抽手，手卻抽不回來，那碟子像是給釘在地上一般，動彈不得。他們仍不知發生了什麼事，直嚇得哆嗦。

阿茵喃喃祝禱：「對不起，對不起，我們貪玩……都是我們不好……」邊說，邊罵著其他人：「你們愣著幹嘛，快道歉吶！」

其餘五個，彼此看了一眼，也跟著呢喃道歉了起來。

茂輝揉揉眼睛，進去想要幫忙，此時天已黑了，房裡的燈光微弱。茂輝每踏一步，都覺得有一股微微的震動，好似夢境之中的感覺。

在那六人圍著的大紙張中央，隱隱有個影子若隱若現，那是一個人影。玩碟仙的六個人都看不到那人影，茂輝卻看到了。他停下腳步，倒抽一口冷氣。一個全身遍布可怕傷痕的女人，一動也不動地躺在那大紙中央。

女人眼睛大睜，眉頭怒皺，腦袋正好便枕在六人手指交會處——那只碟子上。

「噫——」茂輝認得那女人的樣貌，她是成衣商的妻子，他猶自記得那女人臨死前身受酷刑的樣子。他渾身發抖，不知該如何是好，只能碎碎罵著：「就叫你們別玩了……」

茂輝又是一驚，後背感覺抵了個東西，他回頭一看，是一張染血椅子。椅上歪歪斜斜坐著個男人，男人雙腿腫脹扭曲，腿骨不知道斷成了幾截。

茂輝雙腿嚇得發軟，連站都站不起來，只能以手撐地，不停向後退。退著退著，手輕觸到背後那女人的腳趾，腳趾頭是稀稀爛爛的一片。

「喝！」茂輝嚇得觸電似地整個人貓弓彈起，發著抖磨磨蹭蹭地退到阿茵背後。六個人看不見坐在椅上的男人，和壓著他們手指的女人，只是不停地道歉，一面喊著茂輝：「茂輝……茂輝，幫幫忙，把我的手拔起來……」

茂輝渾然不知所措，他聽了阿茵的叫喚，伸手去幫忙，想拉阿茵的手。

女人突而側頭，瞪大眼睛看著茂輝，兩道血痕自眼眶中淌下。

「喝！」茂輝儘管在清洗鼻涕時順便小了便，但此時仍忍不住漏了幾滴出來。

女人的腦袋開始晃動，掙扎著想起身，但她起不來，露出了痛苦的神情。

六人的手指隨著女人腦袋的晃動而抖動，小碟子看似胡亂繞起圈來。大家的臉色都白得可怕，全身繃得死緊，汗珠不停落下。

茂輝聽見磅的一聲，回頭看去，只見那被綁在椅上的男人連人帶椅摔倒在地，他的雙手被綁在椅後，只能靠身軀不停掙扎、蠕動，拖著椅子朝六人匍匐而來，他咬牙切齒，雙眼含淚，淚是殷紅色的。

「啊啊……啊啊……」茂輝六神無主，他見到四周牆面浮現出陳舊壁紙，地板磁磚也變得老舊而黏膩，且滿是污垢血跡。

彷彿時間倒轉，回到了七年前的恐怖房間。

男人奮力地爬，血淚掛了滿臉，他摸到了妻子的腳，摸上了她的腿。

茂輝猛一推，將一個猶自奮力抽手的傢伙推到一邊，讓出了個位置，讓男人爬來。

「你推我幹嘛？」那傢伙氣憤地罵著茂輝，他看不見這對慘死男女，不知道那男人差一點就爬上他的身。

男人噫呀呀地哭著，那聲音鑽進茂輝的耳朵，一聲一聲都是淒厲的悲鳴。茂輝驚懼之餘，也感受到濃厚的哀傷。

突而他見到門外人影一晃，一個女孩站在門外，卻沒遮住自廊道映入的光。

是娜娜。

娜娜輕巧走進室裡，看了看茂輝，輕嘆口氣，她步至六人之間，扶著女人腦袋微微上抬。

壓著六人的腦袋抬起，六人同時向後摔倒，這才回神，爭先恐後地往外逃。

娜娜解開男人被縛在椅後的雙手，牽著他的手搭上女人肩頭，讓男人得以摟著妻子。

成衣商妻子仍睜大眼睛，流露出說不盡的怨恨，成衣商男人則緊緊擁著妻子，張大了口，滴落下充滿怨念的黑血，哀怨喘嗚著。

「你還不快走！」娜娜牽起茂輝的手，將他往外拖。

茂輝本來已經病重，經這一嚇，一時竟站不起身，只能緊緊握住娜娜的手，說：「妳……妳……我昨天作了一個夢……夢裡頭……」

娜娜在他額頭上輕吻了一下。

茂輝突而覺得身子一輕，什麼頭暈、發冷發熱、咳嗽打噴嚏的症狀，一下子全沒了。

「叫你別來上班了，你偏要來。」娜娜悠悠說著，這才將茂輝拉起，拉著他奔出門外。

門外聚集了一些人，並不是甲乙兩隊探險隊員。

而是七年前，這兒的員工和鄰人。

茂輝躲在娜娜身後，心中還十分害怕，卻也有些驚奇自己身體的不適一下子全消失了。

「你人緣眞的很好……」娜娜將茂輝拉到了角落，輕輕地說：「你知道嗎，大家給你面子，才沒傷害你那些同事。他們無禮得過火了。」

茂輝還不知是什麼情形，只能喃喃問著：「給我面子？」

「是呀。」娜娜輕聲說著：「你替大家打了那惡人一拳。」

「……」茂輝靜默著，突而抬頭問：「娜娜，我昨天作了一個夢……夢中有一個老先生，在找他的女兒，他女兒的名字叫作小娟……」

娜娜不等茂輝說完，伸手按住他的嘴巴，淡淡地說：「那個老先生是我爸。小娟是我。」

娜娜靜靜地說起自己的故事。

九年前，她懷抱著滿滿的理想和希望，進入一家名聲頗爲顯赫的大公司，她正要踏出成爲社會人的第一步，卻生了一場病。她本以爲自己會漸漸好轉，還在記事本上替自己取了個英文名字，希望這充滿朝氣的名字，能替她帶來好運。

事與願違，她終究敵不過病魔的糾纏，在某晚突發的病況下，與塵世告別。

她死後，靈魂仍在世間徘徊，偶爾也會返家探望年邁雙親，她的父親受不了自己老來才得到的女兒比他們更早離世，漸漸變得神智不清。

兩年之後，那場大火奪去她的雙親和整層樓所有鄰人、員工的生命。她和所有在大火中枉死的靈魂，在之後的法事中被安撫而沉睡，年復一年。

直到這一年，她和整層枉死的怨靈，才隨著法事遲遲未進行而甦醒。娜娜不是慘死於大火，心中的怨念不若大樓其他怨靈那樣深，她在大樓各處漫步，想替這些不能安息的靈魂做些事情。

然後她認識了茂輝。

「今天午夜，就是鄰居們的忌日，他們心中的恨意到達極點，你不應該來的，但你還是來了。走吧，走吧。我知道你有工作要做，你大可放心地去完成你的職責，但不論如何，今晚接近凌晨，直到明天日出前，不要下樓。」娜娜輕輕拍了拍茂輝的手背，和冰霜一樣冷，她接著說：「我會盡力安撫那些可憐的鄰居，陪著他們度過悲傷的一日。」

「娜娜……」儘管茂輝心中還有許多疑問和不捨，但娜娜說完，轉眼便不見了，五樓廊道中，還隱隱可見許多身影，有些清晰，有些較為模糊。

他嘆了口氣，茫茫然地上樓。此時正值週末下班時刻，樓上大部分的公司員工見到方才大張旗鼓前往五樓探險的同仁們全死灰著臉逃回，更加地害怕了，紛紛搶著下班，且沒有人願意加班留守。

茂輝上樓時，六樓以上大部分公司已經關上大門，剩下的員工寥寥無幾，且全部忙著整理最後工作，迫不及待搶搭電梯下班。有些人見了茂輝，向他叫嚷：「阿輝！阿輝，你還在那裡幹嘛？你不知道剛剛樓下那票人見到了什麼嗎？還不快來，先下班，等禮拜一天亮再說！」

茂輝搖搖頭：「不行……我今晚得加班。」

「天吶！你還要出團對不對？」那同業搗著額頭喊：「去外頭找地方住，將那些奶奶帶到別的地方，別在這裡過夜……」

一個同業員工按著電梯開門鈕對茂輝喊話，其他人等不及了，拉開他的手，電梯門關上。

茂輝攤攤手，他不是沒想過上別處過夜，但氣功聯誼會這些阿嬤固執的程度超出常人想像，即便說旅行社吸收成本花錢供她們住飯店，光是說明原因、挑選飯店、大批行李搬運等等問題討論完畢之後，大概就要天亮了。

無論如何，安分地待在六樓聯誼會裡，似乎簡單方便。

「反正娜娜說別下樓就行了……」茂輝喃喃自語，心中有些悵然，數天來腦中編織而出的美夢，轉眼成了幻影。他無精打采地走到氣功聯誼會，裡頭熱鬧非凡，十幾個阿嬤聚在三台電視機前，分別觀賞三部不同的連續劇；另有八個阿嬤，分成兩桌，大戰東南西北中發白；剩餘的阿嬤散落在四周，或者聊天，或者看書看報。

大夥一見茂輝進來，都笑著和他打招呼：「阿輝呀，他們說你去抓鬼，抓到幾隻啦？」「阿輝呀，聽說你交到女朋友了，是不是真的呀？」「怎麼沒帶來給我們看看呀？」

茂輝長長嘆了口氣，不知該如何接話，看了半晌報紙，這才問：「文原呢？上哪去了？」

「他去幫我們買蚵仔麵線。」「還有我的蝦仁炒飯。」「還有我的粥啦，我要喝粥啦！」「他回來了嗎？」氣功阿嬤們紛紛答腔。

一直又過了半小時後，文原才提著十二碗蚵仔麵線、七盒炒飯、十六碗粥、一大袋菜餔和一盒披薩，氣喘吁吁地推門進入氣功聯誼會。

茂輝愕然之餘，不禁讚歎文原竟能用兩隻手拎這麼多東西。他趕去幫忙，文原只說：「茂輝哥，這幾天給你添麻煩了，眞的很抱歉。我會好好工作，不會再胡思亂想，一切盡人事聽天命就是了。」

「你能這麼想就太好了。」茂輝覺得有些欣慰，大力拍了拍文原肩頭說：「你放心，你那筆錢我幫你想辦法。」

「我有一個遠房親戚現在人在國外，生意做得挺大，他答應出面幫我談，一次把欠債還清。」文原笑著說，他許久沒有笑得這麼開心了。

時間一點一滴地過去。茂輝和文原招呼著三十幾個氣功阿嬤一面討論著政治時事、麻將運勢、烹飪技術和兒孫家事，一面將那許多袋食物一掃而空。

直到入夜，阿嬤們的精神仍十分旺盛，一點也沒有尋常老年人的早睡跡象。她們都說今天玩晚一點不要緊，明天車上睡，也省得車上無聊。

茂輝苦笑勸說：「我知道各位阿姨身子骨勇健，三天不睡覺也行，但是明天車上有摸彩吶，沒精神沒好運氣，抽不到大獎。而且車上睡太久，到了晚上又睡不著啦。」

氣功阿嬤們這才同意早點休息，卻仍有些雜音：「好啦，可是我想吃宵夜，不然睡不著。」

文原立刻大聲應答：「阿嬤，要吃什麼，我去買。」

「呿！」一個阿嬤氣得噘起了嘴，叱罵：「誰是阿嬤，這裡哪有阿嬤？你眼睛瞎啦，沒見到每一個都是一朵嬌花嗎？」

文原尷尬笑著，答不上話。茂輝打起圓場：「是呀是呀，每一個都妖嬌美麗，人水花擱大蕊。換句話說，就是十八姑娘一朵花。」

幾個阿嬤呵呵笑著，都說：「哪有十八，三十八差不多啦！」

「我要吃公司出去路口左轉的芋圓湯。」「我要吃蚵仔煎。」「我每天都要喝優酪乳啦，優酪乳對腸胃好。」阿嬤們紛紛提議，儼然將今晚非義務性的照料當作旅遊行程的一部分了。

「好好好！各位水姑娘的吩咐我通通記下了。」文原大聲答著，將記有三十來份宵夜的紙條摺好收進褲袋，拍拍茂輝的肩問：「茂輝哥，你吃什麼？我去買。」

茂輝攤攤手，搖頭說：「你一個人忙不過來，我陪你去。」

文原聳聳肩說：「不用了，這是我應該做的。茂輝哥，這幾天我幾乎沒有心思工作，所有的事情全是你一個人當兩個人用。我跑跑腿，買個兩餐又算什麼？」

「那我陪你下樓，有點話跟你說。」茂輝看看錶，十點四十五分，無論如何也不能讓文原獨自下樓了。

文原不置可否，掏出車鑰匙出門。兩人一前一後地往樓梯間走。

「別走樓梯，搭電梯。」茂輝一把拉住正欲往樓梯走去的文原。

文原有些驚訝，笑著問：「茂輝哥，你不是老說走樓梯當練身體嗎？」

茂輝嚥了口口水，他見到六樓燈光閃爍得更嚴重了，心中的不安感更加濃烈，焦慮地連連按著電梯開門鍵。

待電梯門打開，兩人走入電梯，茂輝按了樓層數字鍵「一」，門緩緩地關上。

電梯開始向下，兩人正要交談，只聽見叮的一聲，數字鍵閃亮亮地停在「五」，門開了。

電梯外頭青森森的樓梯間空空蕩蕩，燈光閃爍嚴重。

不知怎的，茂輝隱隱覺得樓梯間之外，有股東西正緩緩地逼來，他大力按著關門鍵，電梯的反應十分緩慢，直到他按了十數下之後，這才闔上。

還不待茂輝按一樓鍵，電梯門又開了。

「茂輝哥，電梯故障了，我們走樓梯吧。」文原聳聳肩，想要出去。

「等等，等等！」茂輝一把揪住文原，大力搥著關門鍵，這才又將門給關上。

「你真的不清楚這幾天整棟大樓裡發生的事？」茂輝一面問，一面猛按一樓鍵，直到電梯安安穩穩地往下，抵達一樓，這才鬆了一口氣。

兩人步出電梯，外頭靜悄悄的，嚴伯早已下班回家逗孫子去了。

文原說：「茂輝哥，我去買就行了，你上去照顧那些老阿嬤吧。」

「唉……對，我也不放心上面那一票，這幾天的事情我明天再仔細跟你說，總而言之，你待會買好東西，開車回來，打電話給我，我下來接你，幫你提東西上樓。」茂輝千叮萬囑，這才放文原開車離去。

茂輝回頭，電梯竟還開著，裡頭站了個女人。茂輝怔了怔，只見那女人佇在電梯左側，面無表情地面對右側。

那是茂輝沒見過的女人，她穿著老氣的淺橘色套裝，面容冷冰冰的，嘴唇是發紫的深紅，臉色異常地蒼白。

茂輝渾身僵硬，他怎麼敢進電梯。他看看樓梯口，但見樓梯口上，隱隱有些人影晃動。他深深吸著氣，卻又盡量將呼吸聲放輕，生怕驚動了電梯裡那女「人」，他十分確定她是七年前的火災受害者，他見到那女人套裝長袖口下露出的手是焦黑一片的。

茂輝心中駭然，完全不知所措，他還有一條路可以選擇。主樓梯旁有一窄道，通往後門以及副樓梯和貨物電梯。但是五樓成衣商那戶在副梯隔壁處，茂輝猶然記得下午在成衣商受害之處所見到那對夫妻怨恨的臉面，他很怕再見到他們。

他還記得娜娜說這些受災靈魂，因爲他打了良哥一拳，而給他面子，但在這怨氣到達頂點之際，這張薄面是否還管用，就不得而知了。

「不論如何，不能丟下一堆阿嬤不管……」茂輝心想自己一個大男人都怕成這樣子了，要是那些氣功阿嬤們見到異狀，可能一嚇就醒不來了。他咬咬牙，硬著頭皮往電梯走去。

茂輝側著臉走入電梯，盡量不去看電梯裡頭那女人。他緊靠著另一邊，一面按著關門鍵，一面握緊拳頭，喃喃地說：「嗯，除暴安良的事我最喜歡做。放高利貸的沒有良心，我這一拳是爲了正義而打的，是爲了那些被壞蛋欺壓的善良老百姓打的……」

茂輝一面說，睨著眼睛偷瞧女人，像是故意說給女人聽。

女人瞪大眼睛看著他，眼眶發黑，眼瞳子是灰褐色的。

茂輝抖了一下，差點漏出尿來。他趕緊撇過頭，不停按著關門鍵。電梯門毫無作用。

女人向他靠近了些，口微張，長髮微微飄浮，一股焦臭味立時竄起。女人的衣服成了片片黑灰，焦皮自胸口往頸部、頭臉蔓延，整張臉都焦了，焦皮一片片剝落。

「嗚！」茂輝哎了一聲就要拔腿逃出。

電梯門突然關上，眼看就要將茂輝和這焦黑女人關於狹小密室之中。

一隻手伸了進來，抵住了門，電梯門重又敞開。

進來的是娜娜。

「茂輝，不是叫你別下樓嗎？」娜娜擠至女人和茂輝之間，伸手擰了茂輝臉頰一下，茂輝口齒打顫，答不上話，萬分慶幸救星降臨。

娜娜按了六樓數字鍵，電梯立時關門向上。

那焦黑女人依然瞪視著茂輝，但不再逼近，娜娜開口和茂輝交談些瑣事，茂輝也發顫對答著。來到六樓，茂輝失神步出電梯，他轉過身，電梯已經關上，他見到通往五樓的樓梯口底下，那燈光已經不是青森閃爍，而是冥暗一片，隱隱約約地閃耀幾點紅光。

那冥暗氣息自五樓樓梯間往上爬漫。茂輝深吸口氣，頭也不回地往聯誼會跑，他感到背後有東西追上了他，先是搭上他的肩頭，跟著又搆上他的腰，他隱隱聽見有小孩子纏著要他一同玩皮球，又隱隱聽見有些聲音哭喊著好燙好燙。

茂輝奔到聯誼會門口，已經上氣不接下氣，他覺得每一步都跨得十分艱辛。他終於推開了門，裡頭熱熱鬧鬧的，氣功阿嬤正跟著電視裡的歌唱比賽，一同唱著流行歌曲。

茂輝覺得背後那股揮之不去的穢氣登時消散，回頭一看，樓梯口仍瀰漫著詭異的黑氣，那是一種充滿了怨念卻無處發洩的氣息。

茂輝抽張紙巾拭汗，拿起麥克風和阿嬤們同聲高唱，他覺得聯誼會之中的氣氛熱絡溫暖，和外頭的陰寒怨氣截然不同。似乎就是之前同業男女們討論時所提及的正氣。

儘管如此，茂輝心中仍暗暗發愁，心想這一晚可不好熬，至少待會文原載著宵夜回來之時，他們還得再經歷一次恐怖樓梯和鬼魅廊道。且那些怨魂已不僅僅待在五樓，而是會在整棟大樓四處遊蕩。

隨著阿嬤們歡唱氣氛更加熱烈，時間一點一滴地過去，茂輝的手機響了數聲又戛然而止。茂輝瞧了瞧手機，是文原打來的，他回撥，那頭卻無人接聽，他不禁擔心，急急忙忙地扔下了麥克風，說：「各位阿姨，我去接文原。」

「唱到一半怎麼可以不唱！趕緊唱完啦！」「文原又不是囝仔，還要人接呐？」有幾個阿嬤起著鬨。

「文原替妳們全部的人買宵夜呢，他又不是三頭六臂，一個人怎麼拎得上來，我去幫他啦！」茂輝這麼說，三步併作兩步地出去。

廊道外冷冷清清的，茂輝握了握拳頭，正要往前走，突而見到阿水師相命店舖門外的招牌。他摸摸口袋，掏出阿水師贈他的那本小冊子，翻了幾頁，都是些不知所云、不著邊際、模稜兩可、似是而非的廢話。但聊勝於無，茂輝還是翻動著那本小冊子，喃喃唸著裡頭阿水師所寫的生命理論替自己壯膽。

茂輝走到樓梯口，看看底下通往五樓的樓梯陰惻惻的。他想也不想，轉往一旁電梯，那電梯喀啦一聲，自己打開了，才開出一條細縫，茂輝便見到那縫隙後有隻焦手擺盪晃動。

他隨即轉身，決定轉進消防通道，走樓梯下去。

但他只下了一層樓，在五樓通往四樓處，就讓一堆雜物擋住。茂輝陡然一驚，正想不透那些雜物從哪兒冒出來之時，便見到五樓樓梯間至廊道的牆壁、地板、天花板等，全都成了黑漆漆、紅殷殷的一片。

在接近住戶忌日之時，火災現場漸漸地還出原貌。茂輝驚駭地全身發顫，他此時可不是在夢中，而是眞眞切切地站在現場，他看看錶，十一點四十分。

前頭向下的雜物堆得緊實，用手去觸碰，熱燙得令人難以忍受。

茂輝轉身去按電梯鈕，那電梯鈕黏膩膩的，滿是血跡。他低頭一看，電梯門縫裡，淌出了一灘一灘的焦血。

他被雜物擋著下不了樓，又不敢搭電梯，只能走過整個五樓，前往另一端的樓梯。

他走入五樓廊道，緊緊抓著阿水師的小經書，一面走一面自言自語：「我沒做虧心事，我沒做虧心事……」

廊道前方，出現了一群一群的受害住戶怨魂，每一個都是焦的，有些頭臉變形，是當年急於逃生時，互相踩踏所造成的。

茂輝額上的汗滴不停滑落，他假裝什麼也沒見到，踩踏過漆黑一片的地板，兩側的公司招牌都是七年前的。

住戶們漸漸圍上茂輝，茂輝急得大喊：「我沒做虧心事，不是我害死你們的，我還有工作要做，別妨礙我做事！」

那些住戶眼神空洞，仍圍在茂輝左右，有些伸手去拉他的手。

「別這樣，別這樣，不是我害死你們的。有冤報冤，有仇報仇，你們別搞錯對象！」茂輝撥開那些抓來的手，加快腳步向前走去。

他見到那小孩子緊跟在他背後，拍著一顆皮球，那皮球也是焦黑色的。小孩子嘻嘻笑著，不停去抓茂輝亂甩的手。

「別這樣，這是阿水師的經書，不要逼我傷害你們！」茂輝亂揮著阿水師那經文小冊子，突而手一震，小冊子讓那小孩給搶了去。小孩翻看兩眼，沒什麼興趣，隨手撕成了碎片。

茂輝無言以對，一面暗自啐罵著成天胡說八道的阿水師，一面加快腳步往前。

眼前那頭，成衣商那戶門上鎖著鐵鍊，門轟隆隆地響，裡頭傳出撕心裂肺的哭嚎聲。

「拜託！拜託，讓個路，我改天再去打那個放高利貸的傢伙，把他狠狠打一頓，好不好？」茂輝崩潰大喊著，急急向前奔跑。

半邊臉焦黑的小孩揪住了茂輝的胳臂，抓得死緊，怎麼也不肯放。

「不要抓我，不要抓我！」茂輝怪叫，狂甩著手，他終於奔到了這一側樓梯間，回頭看去，住戶怨靈們佇在樓梯間之後，彷彿害怕著什麼一般。茂輝順著他們的目光看去，便是自己身旁的廁所。

廁所裡頭紅殷殷的，閃動著燃燒的氣息，有非常強烈的戾氣在裡頭衝撞。

「叔叔，叔叔……好燙，好燙，救救我……不要丟下我……」揪著茂輝手臂的小孩落下了眼淚，沙啞哭著。

茂輝一愣，廁所突然捲出一隻手臂，那手臂也是焦黑一片，還燃著微微火光。手臂晃了兩晃，要抓茂輝，茂輝低身一閃，那焦手沒抓著茂輝，卻抓著了小孩子的腿，將那小孩倒著拎了起來。同時，那手臂之後的身子和頭，也露出了一大截，是個身形高壯的漢子。那燒焦漢子吼叫一聲，口中燃冒著紅色的火，甩動著手上的小孩子，彷彿在對廊道間的住戶叫囂。

「壞人，你爲什麼要燒我們！壞人！」那小孩讓焦黑漢子倒提著，尖聲哭叫，不住伸手去拍打那漢子。

茂輝陡然明白，廁所裡這凶烈傢伙，是當時夢中所見，那放火之後，也讓大火波及的地下錢莊成員之一，當時他身著大火，逃入了廁所，給燒死在裡頭，自此成了這大樓間的惡靈之一，嚇傻小徐、將女孩抓進廁所的，都是這傢伙，這傢伙比其他住戶怨靈更爲凶惡。

「叔叔救我！叔叔救我！」小孩子胡亂掙扎著，大哭大叫，後頭的住戶似乎對這奪去他們性命的凶神惡煞仍然有所忌憚，只能憤恨地張大了嘴巴，發出詭異哭聲。

茂輝本要趁著這些怨靈互鬥之際，趕緊下樓，但一聽那小弟哭喊，好打抱不平的性子又給撩了起來，大叫一聲：「小弟別怕！」跟著便一個跨步上去，伸手抓住小孩子的雙臂，與那燒焦凶鬼互相拉扯起來，就像先前搭救那差點給拖進廁所的女生。

「你這傢伙，做鬼還要耍流氓，沒有天理了嗎……」茂輝大喊著奮力拉，卻只覺得身子漸漸給拖進廁所。

那小男孩噫噫呀呀地哭著，一隻腳不停地蹬。

茂輝突而覺得腰身給擒抱著往外拖。回頭一看，是一個大嬸怨靈竄來抱著他。那大嬸兩隻眼睛污濁暗黃一片，那是在濃煙之中，強睜著眼尋找孩子之際給熏瞎了的。大嬸張開嘴巴，淌出血來，喃喃哭著：「放了我兒……放了我的兒……」

大嬸之後，又撲來一個大叔，也揪著茂輝的肩將他往外拖。跟著更多的怨魂擁來，七手八腳地將他往外拖拉。

「就只會躲在廁所，給我出來！」茂輝大吼著，猛力一扯，將小孩連著那錢莊惡靈，都給扯出了廁所。

七、八個住戶怨靈一擁而上，抓住那錢莊惡靈的四肢，有的伸手亂扒，有的張口去咬，有的揮拳亂打。

「若七年前……大家這麼團結，那些惡人也不會這麼囂張了……」茂輝癱坐在地上喘氣。

「現在也不遲……」娜娜無聲無息地出現在茂輝身後，幽幽地說：「你的朋友有難了，去找他吧，將他們都帶上來吧……」

「什麼?」茂輝正要問個仔細，娜娜又已不見。

突而一聲大震，那成衣商的門戶開了，排山倒海的怨恨鼓動而出，紅黑慘霧在地上爬漫，一道道染著血的黑髮貼著地面席捲而出，捲上那錢莊惡靈的四肢。

圍在錢莊惡靈身邊的住戶怨靈們，猶自憤怒地踢打著他。錢莊惡靈張大了口，發出凶惡的吼聲，但那染著血跡的長髮，爬上了他的臉，堵住他的嘴巴，將他緩緩地拖拉。

錢莊惡靈掙扎著，卻掙脫不開，只能瞪大了眼，給慢慢地拖進成衣商那一戶。

磅的一聲，門又關閉了，同時傳出錢莊惡靈慘烈的哀嚎聲。

茂輝撐起身子，摀著耳朵，趕緊再往下跑。四樓、三樓、二樓……

他好不容易奔至一樓，見到文原讓好幾個男人壓在管理員櫃台上，其中一個掏出一柄槍，指著他太陽穴。其他人摀著他的嘴，按住他的四肢。文原買來的宵夜撒倒了一地。另外還有五、六個流氓模樣的傢伙或在一旁把風，或者大啖文原買回的宵夜。

這批人中帶頭的正是良哥，他手上也拎了一把手槍，趾高氣揚地站在文原面前，正舉著手，要以槍托打人。

「你們做什麼？」茂輝指著那群男人大吼。

良哥回頭，一見茂輝，猙獰冷笑了笑，向手下使了個眼色。兩個大漢立刻上前來，一左一右架住了茂輝。

「出來混也要講道義，文原已經準備好要還你們錢啦，幹嘛這樣！」茂輝大叫。

其中一個大漢二話不說，一拳摜在茂輝肚子上。

茂輝疼痛欲嘔，良哥歪著腦袋走來，以手槍在茂輝臉上輕拍兩下，說：「要還錢？錢呢？哦，又是你，你上次很猛喔，打我？這筆帳該怎麼算？」

茂輝見著良哥猙獰的眼睛，突然明白方才娜娜說的話。他說：「我公司裡有幾十萬現金，良哥……我上去拿給你，算是給你賠罪，好嗎？」

良哥不等茂輝說完，掄起拳頭就往他身上打，狠狠地揍了他十幾下，這才停手，向手下揮了揮手，說：「帶他們上去拿錢，別讓他們耍花樣。」

幾個流氓將茂輝和文原押到了電梯門前，按著向上鍵，不知怎的，電梯號誌暗暗的發不出光來，電梯門上的樓層號誌燈也暗了下來。

「電梯壞了……良哥，走樓梯吧，一下就到了……」茂輝咳了幾聲，苦笑著說。

良哥也不答話，自己便往上走，他那十幾個跟班，押著茂輝和文原兩人，也往樓梯上走。

「茂輝哥……我已經跟他們說會還錢了，他們還是這樣……」文原鼻青臉腫，雙手還讓兩個流氓架著。

「別怕，事情會解決的……」茂輝苦笑著說，他也給打出了一個黑眼圈。

解鈴還需繫鈴人。

通往六樓的樓梯是堵死的，是一些雜物，由於光線漆黑，那些流氓模樣的人沒有注意到雜物上頭貼著的標籤，都是古舊的。

茂輝怔了怔，這些貨物本來擋在四樓至五樓間，但此時整堆向上搬移了一層樓，像是刻意要讓他們走入昔日慘案現場。

「這是怎樣？」一個流氓伸手推了推雜物堆，怎麼也推不開，怒氣升起就打了茂輝兩拳。茂輝強忍著疼痛，他雙手同樣給架著，只能挺著下巴往樓梯廊道深處嘛嘴示意：「這邊被擋著，另一邊還有樓梯。」

大夥兒往廊道當中看去，靜悄悄的，幾盞燈忽明忽滅，閃爍不已。當中有幾個資歷較老的，察覺出不對勁，打量著四周，悄聲和良哥說：「這裡是以前教訓阿連仔夫婦那地方。」

良哥哼了一聲，用手肘狠狠地賞了茂輝一記拐子，說：「你要是敢耍我，你就完了。」茂輝痛得眼淚都要滴了下來，卻還是強忍著，苦笑地答：「你人多，又有槍，我哪敢耍花樣呀良哥。」

「知道就好。」良哥拍拍茂輝的臉，指揮著一行人走入五樓廊道。

燈光青森森的，他們向左拐過了一個彎，直走一陣，又向右拐了兩個彎。這廊道似乎比想像中還要長，不僅一票流氓混混覺得奇怪，便連茂輝也有些訝異。他雙手給壓在背後，撇頭瞧見押著他的流氓手腕上有錶，零時三分。

茂輝深深吸了口氣，住戶們的忌日到了。

前頭一個老先生，靜靜地坐在藤椅上，雙手放於雙膝上，漠然地看著一票人向他走去。

「怎麼走這麼久？」良哥也察覺出不對勁，一腳踢在茂輝屁股上，將他踢得向前撲出，正好便撲在那老先生腿前。

茂輝摔得頭昏腦脹。那老先生彎伏了腰，眼睛瞪得極大，看著腳下的茂輝，開口問：「有沒有看到小娟……」

茂輝掙扎著起身，蹲在老先生面前，點了點頭。不知怎麼回事，他不像先前那樣害怕這些住戶怨魂了。

這世上有些人，比鬼更可怕。

「有……我有……」茂輝搗著瘀腫的嘴巴，喃喃地說。

「她在哪裡？她在哪裡？」老先生突而激動起來，抓住了茂輝的雙臂，那兩隻手枯朽褐紅，突起的青筋是黑褐色的。

廊道之中，前前後後出現了些「人」，有的手上提著公事包，有的拿著文件。

小孩拍著皮球而來，經過良哥一行之時，向他們看了一眼，嘴巴大張，啊地吼叫一聲，那聲音之尖銳，錐入所有人的心窩。

架著文原的兩個流氓讓這尖叫一嚇，鬆開了手，文原在地上爬著，只覺得手掌處黏膩猩紅一片，是焦黑的血污，他驚叫著，連滾帶爬地向前逃。

良哥一行人也大大騷動起來，只見到四周清冷的牆上爬出了血污，地板翻起了焦跡，兩側本來緊閉著的門敞開了，有些人在中間走動，有些貨車推了出來，上頭擺放著一疊一疊焦黃色的文件，那是七年前的景象，那個末日到來之際。

「文原！文原！快來！」茂輝費了好大的勁，總算撥開老先生那對枯爪，扶起文原，帶著他逃跑，臨走還不忘回頭向老先生說：「我有見過小娟，她是個好女孩，很好很好的女孩，她會來看你們的。」

「混蛋，耍我！」良哥勃然大怒，掏出了褲袋中的手槍，向茂輝後背瞄準。

一股寒風捲來，良哥的槍瞄得歪了，射在地上，只濺起幾片焦污地磚，再抬頭一看，已經不見茂輝和文原。

「玩什麼花樣？追！」他氣得大吼，身後的手下們卻有些膽寒，其中一個神情呆滯、臉歪嘴斜地撞起了牆，另一個嚇得伏倒在地，尿濕了一褲子，在他的身旁，圍了兩男一女，張著青紅色的眼睛瞪看著他。

良哥也發起了抖，卻還是強裝凶狠，胡亂開了數槍，大步奔跑起來，後頭還有超過十個手下跟著他逃。

「大家跟著我，跟著我！」良哥凶狠大吼，轉身招手，要手下圍在他身旁左右。十餘個手下有的掏出了槍，有些亮出摺疊刀，個個驚恐到了極點。

良哥遠遠見到前頭便是廊道盡頭，是通往上下的樓梯間，趕緊大聲喊著：「往那兒走！」

十餘個傢伙之中，突然倒下一個，躺在地上不停地哆嗦，他的眼睛直勾勾地瞧著天花板，大夥兒拉他也拉不起，卻見到這傢伙以自己的隨身小刀，在手臂上刻寫著字，都是些平日他討債之時，在人家牆上寫下的字句。

跟著又倒下一個傢伙，其他人紛紛尖叫起來，都見到這傢伙身上伏了個全身焦黑冒血的婦人，婦人眼睛白茫茫的，雙手緊掐著那倒地流氓的頸子。

「走！走！」良哥吆喝著，也不顧先前幾個倒下的弟兄，只是一味地往前逃，正驚慌之間，又落下了兩、三個伙伴，他們瘋狂叫著，彼此互毆。

前頭一扇門突而打開，幾隻手伸了出來，將一個傢伙拉進去，門立時關上，裡頭傳出那傢伙的慘叫聲，像是見到了極恐怖的物事。

「走！走！」良哥的吼音沙啞，心中驚懼至極。

又一扇門打開，幾個住戶怨靈飄出，又纏倒幾個錢莊流氓。

良哥不由自主地大聲吼叫，身旁只剩三個伙伴了，他那囂張跋扈的氣焰，至此終於瓦解，全身無法控制地發著抖，臉上的怒色變成了驚懼。

前頭廊道閃動著火光，卻不見火燒，成衣商那戶便在眼前，門下一陣一陣的紅氣滾出，哀嚎聲、哭聲、叫罵聲此起彼落。

良哥激烈地哆嗦起來，手中的槍落地，他聽見了熟悉的聲音。那是自己的說話聲。

他六神無主，茫茫然地向前走去，身後幾個手下跟著。他們一步步向前，在接近成衣商那戶門前之時，聽見了說話聲：「每次都說會還，每次都沒還，這次不給你點顏色瞧瞧，其他借錢的人都學你啦，我操！」

良哥齒顫膽寒，將臉湊近門上的窗，裡頭紅紅霧霧一片，瞧不清楚，只隱隱約約看見他自己。他將臉湊得更近。

一個淒厲女人貼上了窗，和良哥四目相對。

良哥崩潰地大叫，向後猛一彈，卻是撞在自己手下身上。幾個手下不知怎的，神情漠然，冷冰冰地將良哥架了起來。

「你們怎麼了？你們要幹嘛？」良哥驚懼大吼著，猛力踢打他那數名手下，但他們猶如失了魂一般，對自個老大的叫喚毫無反應。

只見前頭那門漸漸敞開，凶烈的氣息滾滾而出，那是悲愴的氣息，是復仇的氣息。

良哥見到房中地板血污、染血椅子、老虎鉗、各種凶器，儼然便是七年前那夜的情景。

成衣商女人躺在地上，成衣商男人臉上掛著血淚，摟著淒慘的妻子。

「我錯了……原諒我……」良哥身子難以自抑地哆嗦著，他見到那夫妻一齊抬起頭，兩雙眼睛睜得極大，瞪視著他。

「現在才知道錯，會不會太遲了？」娜娜在一旁現身，幽幽地說。

四周的住戶怨靈圍了過來，都怨恨地看著良哥。

幾個錢莊手下，臉色漠然，靜靜地將良哥架進屋去。

良哥心中的恐懼到達了極點，卻無能為力，只能眼睜睜地瞧著手下們拉來那染血椅子，將他架上椅子，把他雙手綁在椅後，良哥驚恐地猛蹬雙腳卻無法掙脫。

「快放開我、快放開我！」良哥的嗓音近似哭音，眼淚都要流出來了。他苦苦哀求著：「阿連仔……是我不好……是我不好……求求你原諒我……」

但他目光所及之處，已見不到那成衣商。

突而身旁有了動靜，他其中一個手下，身子一震，拍了拍良哥的臉，轉身，走到門邊，抄起一根甚粗的木材棒子，再轉身，面對良哥。良哥霎時覺得持著木材的手下，臉上神情依稀在哪裡見過——是那成衣商男人阿連仔，附上了他手下的身。

「你……要幹什麼？」良哥惶恐地問。

那手下持著一條粗木材走向良哥，雙眼透射出的復仇凶氣，令良哥感到絕望，他呢喃著說：「原諒我……原諒我……」

「你說過……」手下歪斜著頭，高高舉起手中那條粗壯木材。「有借……有還……」

七年前良哥向成衣商討債，將成衣商阿連仔夫妻連同整層樓的命都討去了。

七年後，這筆債該還了。

粗壯木材砸進了良哥膝蓋骨中，和七年前良哥對成衣商幹的事情一模一樣，良哥的慘嚎聲在染血房間中迴盪起來。

又一個手下身子一抖，從地上摸了把老虎鉗，來到良哥另一邊，撫摸他手上五指，像是在挑選著什麼。

成衣商妻子也來討債了。

良哥自己說的——

有借，有還。

□

茂輝扶著文原躲在牆角，他們怎麼逃也逃不到樓梯處，繞了幾個彎又回到原地，他們知道這是恐怖電影當中時常上演的鬼打牆戲碼，索性不走了，找個牆角躲著，先喘口氣再說。

成衣商屋中先是傳出一聲又一聲敲擊聲響，伴隨著良哥猛烈淒厲的哀嚎聲，將他倆嚇得全身寒毛豎立。

砰！砰砰！

砰！砰砰！

擊打聲一記接著一記，良哥的慘叫聲更加地沙啞慘烈。

「報應……這是報應……」茂輝瑟縮著身子，被這陣恐怖聲響嚇得面無人色。

不一會兒，擊打聲漸漸停了，但只靜默一會兒，良哥發出了更令人膽顫齒裂的淒厲慘號。

茂輝知道屋子裡頭發生了什麼事，他還記得良哥當時持著木棒打不過癮，還以老虎鉗子去鉗成衣商的妻子手指和全身皮肉。

茂輝知道此時那散發著艷紅血光的房間之中，正重演著當年悲慘一夜，只不過苦主換了人，良哥一個人承受著成衣商夫婦所遭受的慘事——他罪有應得。

茂輝撐起身子，遠遠見到成衣商那戶門上小窗，透出血的光芒。廊道四周都發出尖銳叫喊聲，似乎是住戶怨靈們感受到了復仇的氣息，紛紛騷動、焦躁起來。

茂輝和文原見到幾個全身是傷的錢莊手下，神色詭異地朝他們走來，趕緊拔腿跑，但幾個拐彎之後，仍然見到那些傢伙，死命地追著他們。

天花板滴下了血，一盞盞燈熄滅了，取而代之的是妖異的火光，悲劇似乎將要重演。怨靈們失控了，廊道之中迴盪著淒厲的哭嚎聲，茂輝和文原在詭異的光火中扶牆前進，身旁不停有怨靈竄過，或者逼近茂輝，向他張開血盆大口。

茂輝死命拉拔著文原前進，只覺得文原身軀愈漸沉重，仔細一看，他背後攀伏著三個怨靈，一男兩女。

文原讓那些怨靈們勒得胸口窒悶，氣喘吁吁，眩然欲暈，茂輝一把架住他，拍了拍他的臉，卻拍不醒他，伸手要去推那三個攀伏在文原身上的怨靈，卻也推不動。他再也沒有力氣，無奈地坐倒在地。那三個怨靈爬呀爬的，往茂輝身上爬去。

茂輝掙扎想逃，卻又不能拋下文原，只能唉聲嘆著氣：「冤有頭……債有主……我都替你們將仇人帶了上來，就別整我了好吧。」

「他說的沒錯，你們放過他吧、放過他吧……」娜娜在茂輝背後蹲下，朝那些怨靈們揮著手，作勢驅趕。這才阻下那些怨靈。

娜娜扶起文原，茂輝也連忙站起，和娜娜一左一右地拖著文原往前走去。茂輝回頭，還見到背後那些怨靈住戶似乎仍有滿滿的怨氣無處發洩，在廊道中激烈飄盪衝撞。

前頭廊道的血污褪去，露出古舊卻乾淨的壁面，老先生愣愣地坐在藤椅上，見到娜娜走來，高興地站起身，嗚咽喊著：「小娟，小娟！」

娜娜向老先生笑了笑，上前抱抱他，老先生笑得落下淚來，招呼著娜娜進屋。茂輝扶著文原跟在後頭。

「小娟回來啦，小娟回來啦……」老先生和老太太高興地喜極而泣。茂輝見到老夫妻互擁著，身上綻放出光芒，照亮了整間屋子。

娜娜將茂輝領進自己的臥房，將昏厥的文原癱放在床上。茂輝也在一旁坐下，抹了抹臉上的血污，和娜娜互視幾眼，不約而同地笑出聲來。

茂輝苦笑地說：「我還以爲我終於成功了……」

娜娜好奇地問：「成功什麼？」

茂輝說：「我以爲我成功追求到一個女孩子。」

「你哪有追到我，我只當你是朋友，又沒有答應要當你女朋友。」娜娜笑著伸出手指，彈了茂輝額頭一下。

「只有妳聽我講的笑話會笑，願意和我吃飯、聊天，什麼都能聊……」茂輝嘆了口氣說。

「阿輝，你是我見過最好的男人。」娜娜微微一笑，看著茂輝的雙眼說：「我相信總有一天，你會碰上被你誠心打動的人。」

娜娜說完，就要轉身出去。茂輝急急問著：「妳要去哪裡？我跟文原該怎麼辦？」

「我那些可憐的鄰居們還受著苦，我要幫助他們脫離苦海，做最後一件事……」

茂輝不解地問：「妳要怎麼做？」

娜娜笑嘻嘻地轉過身說：「我不想嚇著你，所以不會和你說，過幾天，你翻翻報紙就知道了。到了那時，我就會回到我本來應當去的地方了，我那些可憐的鄰居也是。」

茂輝站了起來，上前幾步，喃喃地問：「以後我還見得到妳嗎？」

「當然見不到了，我是鬼，你是人，我們該回到屬於我們的地方了……」娜娜朝茂輝做了個俏皮鬼臉，轉身推門而出。「好好保重，阿輝，朝著前方看，去追逐你的夢想。」

茂輝啊呀一聲，追上前，伸手抓去，什麼也沒抓到。文原平躺在他的腳邊，四周又變回靜僻廊道，紅光、焦火、慘嚎、怨靈什麼的，全不見影蹤了。

「阿輝呀！你們上哪裡去了？」氣功阿嬤的呼喊聲自頭頂傳下，茂輝和文原同時一驚，回頭看去，是樓梯。幾個阿嬤正急急忙忙地下樓，向他們招手，見到他們臉上傷勢，都著急問著：「唉呦喂呀，發生了什麼事？」

茂輝發了半晌愣，這才說：「在樓下跟幾個小流氓打架，宵夜什麼的都打掉了……」

氣功阿嬤們七手八腳地將兩人攙扶上樓。

茂輝什麼也不說，不時回頭看看，底下靜悄悄的，像是什麼事情也沒發生過。

□

良哥伏倒在地，雙腿紅透了褲子，彎折扭曲，全身上下的傷痕可怖至極點。數個手下漠然地將他拎起，走出成衣商那戶。

廊道裡還站著一批錢莊手下，全都面無表情，每人肩背上，都攀伏著數名住戶怨靈，怨靈們的神色似乎沒那樣忿恨了。娜娜在十數名錢莊手下、數十名怨靈耳邊，嘰哩咕嚕地講著話。四周廊道壁上的焦黑污跡漸漸褪去，那些怨靈們臉上的傷疤也漸漸淡去，凶烈的神色變得平靜，大夥井然有序地排著隊伍，媽媽牽著小孩，主管領著下屬，有說有笑地驅使著錢莊手下們，緩緩下樓。

一行錢莊手下在怨靈附體下走出大樓，坐上三輛自家廂型車，往目的地駛去。

在天還沒亮之時，三輛廂型車在一處別墅前停下，那是錢莊幕後老闆的豪華別墅。

良哥被數名手下架著走，身上的鮮血不停滴落下地，迷迷茫茫中，還喃喃唸著：「我知道錯了……我是畜生……我豬狗不如……我知道錯了……」

別墅管家聽到電鈴聲，見是老闆手下，便開了門。

十數名神情凶烈的錢莊手下，紛紛掏出身上刀械，推開管家，凶惡進屋。

管家還沒來得及呼喊出聲，已經動彈不得。幾個怨靈自錢莊手下身上跳下，上了管家身子，管家的眼睛登時冒出黑色血絲，身軀不自然地動了起來。

樓上的小宴客廳，幕後老闆仍和幾個好朋友通宵豪飲，他們一面歡暢痛飲，一面討論著他們合夥投資的錢莊這幾個月收入有些遲緩，正想些高明的催債點子，當作閒聊的話題。

他們都喝得多了，拍著鼓脹的肚子，露出倦意。底下飄上了煙味，熱氣蒸騰，天花板的吊燈閃爍幾下，透出奇異色澤的光芒。

老闆和幾個好友都覺得怪異，走至樓梯間查探，見到底下一片恐怖景象。

十來個錢莊手下們，正以自己的血，在牆上、家具上寫下怵目驚心的字——「欠命還命」、「血債血償」、「時辰已到」。

「你們做什麼？造反啦！」老闆既驚且怒地暴喝著，大步奔跑下樓，還見到幾個手下，臉上掛著怪異的笑，正在名貴家具旁點火燒著桌椅。

老闆一把揪起一個放火手下，只見那手下臉色猙獰得不像是人，嚇得連忙放手，想要奔逃，已然遲了，幾個手下撲向他，抓住了他的手和腳，將他抬上樓。

老闆樓上那些酒肉朋友、狐群狗黨，見了這情形，還以爲是仇家殺上門來，一個個想要跳窗逃跑。一奔到那些窗邊，卻見到窗子上同樣布滿討債血字，他們儘管駭然，卻仍不顧一切試圖開窗。

有個傢伙的手剛碰著窗子，就給折得彎了，他大叫一聲，身子騰空，像是被無形的繩索給吊了起來。跟著，所有的傢伙都是如此地給吊了起來。他們瞪大眼睛，見到一扇扇窗紛紛爬入了陌生的「人」。有男有女，有老有少。

主人被抬上樓，和一群酒肉朋友們同樣地給吊了起來。

成衣商夫婦漠然地夾雜於怨靈之中，抱著皮球的小孩奔到別墅主人與朋友喝酒那桌前探看玩耍，見到桌上攤放著幾張塗寫著字的紙張。

一張張紙都畫著醜陋歪曲的圖樣，還有文字解說，原來是這些傢伙暢飲閒聊之際，共同想出的逼債方法。

他們之中有些讀過書，又或者是心理變態，研究過古時逼供酷刑，一幅幅醜陋設計圖上，全是滿滿的恐怖心思。

小孩取了一張，有趣看著，奔到其中一個傢伙前，指指他、指指圖。

像是在問這張圖，是不是他畫的。

那傢伙嚇得尿濕了褲子，直到小孩露出滿嘴墨黑利牙，這才點點頭。小孩尖叫著拍手，四周的怨靈騷動起來，底下的火光更盛，幾個被鬼迷了心竅的錢莊手下上前，自小孩手中接過圖，端看半晌，搔搔頭，一齊望向承認圖是自己畫的那傢伙。

他們將那傢伙手腳拉開，擺出了和圖上一樣的姿勢。

其餘的出資傢伙們見到這情形，更加魂飛魄散，他們怎麼也沒想到，剛剛哄鬧嬉笑之際想出的討債鬼點子，竟然加諸在自己身上了。

連同幕後老闆在內，這些錢莊投資朋友們，一個個動彈不得，被他們自己的創意折磨得不成人形，叫啞了嗓子、大小便失禁，暈了又醒、醒了又暈。

在酷刑和慘叫聲中，大火漸漸吞噬了二樓。

這棟別墅的地理位置靜僻，風景宜人，四周的鄰居都相隔甚遠，沒人知道那豪華別墅當中發生了什麼事，只是在早上起床時，遠遠地自窗戶見到那別墅方向猶自冒著黑煙。

在消防車抵達前，別墅裡所有的一切，包括那些罪惡，包括那些還沒催討成功的借據，全都燒成了焦灰。

沒有人親眼見到報應，但它確實發生了。

05 出發

「早呀！嚴伯，你曾孫最近調皮嗎？」茂輝大聲和嚴伯打著招呼。

「調皮得很吶，氣死俺了。」嚴伯口裡這麼說，卻笑得合不攏嘴。他不辭了。

大樓裡大大小小數十家公司，自掏腰包，湊足經費，辦了盛大法事。

只有茂輝知道，這場法事白辦了，娜娜及整層五樓的怨靈，已經回到他們應當去的地方。

茂輝登上六樓，先是去阿水師的相命舖裡，大大地調侃阿水師一番。原來阿水師在避難臨走時搭乘電梯，卻碰上了茂輝也碰過的那個橘色套裝女人，也不知當年是哪家公司的員工。

任憑阿水師如何唸咒誦經、招神請將、跪地求饒，電梯門不開就是不開，女鬼不走就是不走，他倆在密閉的電梯裡頭大眼瞪小眼，足足煎熬了二十分鐘，直到阿水師嚇得暈死過去，不知過了多久，這才被嚴伯拖出，挨了兩個耳光，悠悠醒轉。

阿水師經這麼一嚇，住了一個多禮拜的醫院，好不容易出院，趕緊將自家招牌拆了，不再吹噓自己能上天下地，僅僅說自己有點慧根，能解解籤，聊聊人生道理罷了。

被廁所惡靈嚇得崩潰的色情小徐，在那之後也活蹦亂跳地回公司上班，繼續在工作崗位上打拚奮鬥，一樣不改好色下流，嘴巴一張就噴出低級話，同樣地惹人討厭。但不論同事們怎麼問，他都絕口不提那天究竟見到了什麼，只是偶爾抱怨那日阿茵大便臭得令他終生難忘。

小徐的態度自然惹得阿茵忿忿不平了，但她也好不到哪兒去，那日貪玩碟仙的幾個傢伙，回到家中，每日失眠，一睡著就作惡夢，夢見一個女人，壓著他們的手指。當時沒有見到的景象，卻在夢中出現，這些可怖惡夢纏了他們一週以上，自然也是迫使大家都慷慨地掏腰包，舉辦盛大法事的原因之一。

文原的親戚急急自國外趕回之時，文原已經辭職，準備要跟地下錢莊放手一搏了，卻見到報紙上刊登的頭條報導，說是那錢莊無論幕前幕後經營者，全都葬身火窟，原因不明。文原等待數日，都等不到催討消息，甚至主動打電話去問，也打不通，這才相信所有和該錢莊有關的傢伙，包括那些借條字據，全都付之一炬了。

「這樣穿才帥嘛！」十樓兩個銀樓女員工，下樓見了茂輝，親切地和他打招呼，還交頭接耳地說戰神改變造型成功，變帥了。

茂輝拉拉衣領，嗯吭兩聲，竟有些不好意思。他來到氣功聯誼會，氣功阿嬤們早已準備就緒，聽茂輝說車來了，個個興奮得像是準備去畢業旅行的小學生一般，推推擠擠地下樓。

那夜過後，白白旅行社這團旅遊，延後了兩個禮拜才順利出發。

遊覽車上熱鬧非凡，茂輝臉上還貼著藥膏貼布，他抓著麥克風，高昂地唱完時下最流行的一首歌，十分像那麼一回事兒。

「阿輝呀，你轉性啦！怎麼會唱年輕人的歌啦？」老阿嬤們紛紛起鬨。

茂輝伸手欲撥頭髮，卻撥了個空，他忘記自己已經剪去那頂過時的中分香菇頭，換了個勁酷流行的髮型，胸前口袋還放著MP3隨身聽。

「人要向前看嘛！」茂輝哈哈笑著，轉身搭上了客串導遊的阿茵肩膀，學著嘻哈歌手的語調說話：「阿茵，嘿！呦！呦！明天到了地熱谷，我有榮幸請妳吃顆蛋嗎？呦！我們可以一邊煮蛋一邊吃，好好培養感情呦！」

「呦你個頭啊，你當然沒有這個榮幸。」阿茵用麥克風大聲應答。

這話惹得全車阿嬤一陣鼓譟：「阿茵不識貨呦！」「我們阿輝明明就很好！」

「嘿！呦！戰神的傳說繼續流傳呦！」茂輝比劃著嘻哈手勢，回到座位上乖乖坐著，不再死纏爛打。取出胸前的MP3隨身聽，按了幾首歌，都是些十幾年前的流行歌曲，都是他和娜娜愛聽的歌。

「當然要向前看，但偶爾緬懷過去，也不錯呦！」茂輝隨著樂曲輕哼，看看窗外，窗外晴空朗朗，是個大好初夏艷陽天。

通靈高中生

01 會結手印的少年

「昨天好驚險，只差一點點，就沒辦法再見到你們了……」

毛勇吉打開便當前，動作停頓好半晌，視線從右掃到左，又從左掃回右，來回瞧著幾個聚在他身旁，等著聽他說故事的同學們。

他的視線來回掃動時，本能地往小蓮的F罩杯方向飄去。

小蓮不是沒注意到，相反地她早習慣了毛勇吉這樣的視線，或者說，毛勇吉這樣的視線習性，和班上大多數男生，乃至於全校、校外大多數男生都差不多。

約莫是從國小高年級開始，小蓮漸漸發覺男生望著她的目光裡，會帶著某種令她感到渾身不自在的奇異氣息；跟著她上了國中，再到高中，男人往她身上投射的目光裡那種古怪氣息，隨著她的發育變得更加凶猛、更具侵略性。

這時常令她感到害怕甚至是自卑。

即便毛勇吉在她心中占據著更遠勝過其他男生的地位、即便她偷偷暗戀著毛勇吉，但仍然無法適應毛勇吉此時的視線——就像是一隻賊溜溜的老鼠，不停來回搔過她的腳底板，令她不自在極了。

她本能地縮了縮身子。

「喂！你到底要不要講啦！」一個同學不耐煩地催促起來。午休時間有限，大夥兒聚在毛勇吉座位前，是想知道他昨晚到底發生了什麼事，不是聽他賣關子、故弄玄虛什麼的。

「嗯……」毛勇吉扒了口飯，邊嚼邊說：「就是上次那隻碟仙啦……」

「上次那隻碟仙？」「你說那隻被你打敗的碟仙？」同學們人手一盒便當，各自扒著飯，配著毛勇吉的故事下飯。

「對呀。我又碰到她了——不，應該說是她主動回頭找我，她有事求我。」毛勇吉說到這裡，吃了口菜、扒了口飯，停頓下來，邊嚼著飯菜，還露出神祕微笑。

「她回頭找你？」「爲什麼找你？想跟你尬一砲喔！」男同學們粗魯地催促。「不要一直賣關子，快講啊！」「一口氣講完啦幹！」

「你們不要催啦，勇吉也要吃飯啊……」小蓮開口維護，她手上捧著的包子一口都還沒咬。「而且你們講話不要那麼低級，『尬』什麼啦，那個是女鬼耶……」

「就是女鬼才要『尬』呀，男鬼怎麼『尬』？」一個男同學這麼說。其他同學登時起鬨。「誰說男鬼不能『尬』，照樣『尬』呀！」「現在到底是在講碟仙還是在講尬砲啦！」

「嗯……」毛勇吉不理會同學們瞎起鬨，他的視線穿過兩個同學身隙間，停留在數個座位外那安靜吃飯的女同學身上。

「小蓮……」毛勇吉抬頭，指著那女同學問小蓮。「妳說，她是妳表姊？」

「對呀！」小蓮順著毛勇吉指的方向望了一眼，朝那女同學喊：「予瑜，要不要一起來聽故事？」

女同學回頭，望向小蓮，問：「什麼故事？」

「很好玩的故事喔！」

「劉予瑜，小蓮說你們家也是開神壇的，妳應該也對神鬼感興趣吧？」毛勇吉身邊同學七嘴八舌地說著。其中一個同學手指毛勇吉，說：「勇吉是通靈人喔，他有很多鬼故事。」

「通靈人喔……」叫作劉予瑜的女同學聽見「通靈人」三個字，先是面無表情，跟著咧嘴一笑。「我先吃飯。」她說完，別過頭，繼續默默吃飯。

「……」大夥兒見劉予瑜似乎不怎麼感興趣，有些自討沒趣。有的同學低聲對小蓮說：「妳表姊很孤僻喔？」

「孤僻？」小蓮搖搖頭。「不會呀，她很喜歡交朋友……」她說到這裡，轉身來到劉予瑜身邊，輕搖她的肩。「妳不一起聽故事嗎？妳不是很喜歡鬼故事？毛毛他真的很厲害，他從小就有特殊體質，他呀——」

那頭，毛勇吉似乎爲了吸引劉予瑜注意，刻意拉高分貝，開始了今天的故事——

「你們還記得，上次我說的碟仙故事嗎？」

「記得呀。」

「記得就好，就是上個月我跟朋友到一間鬼屋玩碟仙……」毛勇吉說故事時，眼睛閃閃發亮。「請出一隻女鬼，那隻女鬼好凶，附在我朋友身上，想掐死我！我立刻結明王手印、唸九字護身咒『臨、兵、鬥、者、皆、陣、列、在、前』！那女鬼立刻嚇呆，轉頭逃跑——她附在我朋友身上，想帶著我朋友一起跳樓，她是要找替身！」

有個同學聽到這裡，忍不住打岔：「這段你不是講過了？你追上去拉住同學，一拳把女鬼打出朋友身體呀。」

「是用九字護身手印裡的『內獅子印』把女鬼打退飛。」毛勇吉糾正，還放下筷子，俐落結起九字護身手印。「臨、兵、鬥、者……」

「這些我們聽過啦！」「後來你朋友還被女鬼糾纏了好幾天，有次差點被害死，也是你去救了他，還跟女鬼約法三章，她答應以後不會再來煩你們。」「幹嘛跳回去講前面的？」「剛剛你說女鬼回頭找你、有事求你，她求你什麼？」

「咳咳……」毛勇吉說到這裡，瞥了小蓮和劉予瑜那頭一眼。

「我喜歡聽故事沒錯。」劉予瑜微微笑說：「但是我喜歡聽『眞故事』跟『假故事』，不是唬爛吹牛。」

「眞故事、假故事？」小蓮呆了呆，不太能夠明白劉予瑜的話。「什麼意思？不都一樣是故事嗎？」

「『眞故事』，就是眞實發生過的事情；『假故事』，就是故事，像是小說啦、電影啦，一開始就告訴你是虛構的，不是眞實事件；唬爛吹牛，就是明明在瞎掰，卻說是眞的。」劉予瑜說到這裡，轉頭，和滔滔不絕說著故事的毛勇吉四目相對。「我喜歡聽故事，但不喜歡聽人說謊騙人。」

「她碰到麻煩，要我……」毛勇吉說到這時，目光不但和劉予瑜對上，還清楚聽見她口中那「說謊騙人」四個字，胸口像是被針扎了一下，有些窒礙氣悶。「幫她……」

「她碰到什麼麻煩？」「是不是碰到更凶的鬼？」「還是愛上凡人？哈哈哈……」同學們催促追問。

其中也有同學聽見劉予瑜說話，嚷嚷起鬨。「毛毛！新同學說你唬爛耶哈哈哈！」「毛毛被新同學嗆了啦！快讓她見識見識九字護身咒！哈哈！」

「……」毛勇吉沒有理會同學的打鬧，繼續說：「她被其他惡鬼騷擾，求我幫幫她，像上次打跑她一樣，打跑那些惡鬼……」

「哇！所以你要幫她嗎？」

「我已經幫了。」毛勇吉瞪大眼睛，緩緩述說昨夜驚險一戰——

就像我以前曾說過的，我有特殊體質，只要有靈魅氣息逼近，無論睡得再熟，我都會立刻察覺醒來。

不多不少，剛過十二點吧，我醒了，睜開眼睛。

我坐在床上，聽見窗戶外有怪聲，就下床去看。

我沒有打開窗戶，因爲我知道在這種時間，如果有「東西」找上門，通常都不是什麼好事，但我不開窗，那些東西也進不來，就像我之前說的，我家各處都布有結界。

但是我最後還是打開一條縫，你們知道爲什麼嗎？

「爲什麼？」

因爲呀，我聽見那聲音在哭，哭得很傷心。

就像我之前說的，我身上帶有天命，這個天命就是要我幫助弱小，救助苦難。

「救苦救難的範圍也包括鬼嗎？」

我不知道包不包括，但是我連小動物靈也救，人的靈魂受苦，我也應該救，不是嗎？總之我想聽聽那聲音說什麼，我就開窗了。

我才開一條縫，她立刻就出現在我房間，站在我的背後。

本來我有點緊張，以爲她想害我，我背對著她，偷偷結了手印準備防身，結果一回頭，看到她跪在我面前，一直哭、一直哭……

她邊哭邊說自從上次被我喚醒之後，不知道該去哪裡，每晚四處遊蕩，踩進其他惡鬼地盤，被惡鬼追殺。

我本來還不知道怎麼幫她，那些惡鬼已經找上門了。

「哇！惡鬼找上你家？」「那你怎麼辦？」

怎麼辦？都找上門來了，只能硬拚啦——他們擠在我窗户外面，進不來。我擔心自己一個人力量不夠，對付不了這麼多鬼，就到客廳神桌向祖師爺借了劍，就是我之前說的——太乙眞人神劍。

「哇！終於用神劍啦？」「上次你不是說祖師爺覺得你修行不夠，還不夠格用神劍嗎？」

我是不夠格沒錯，可是那時情況緊急，祖師爺總不能眼睜睜看祂弟子被鬼欺負到死吧，總之我用神劍了。

「所以你眞的用神劍砍鬼？神劍怎麼用？很厲害嗎？」

我怕吵醒家人，就帶著神劍跟女鬼上頂樓和那些惡鬼談判，誰知道那些傢伙一點也不講道理，連人話都不太會講，撲上來就要咬我，就像電影裡的喪屍那樣。

「什麼？那怎麼辦？」

還能怎麼辦，拿劍砍他們呀。

「所以你砍死他們了？」

我怕祖師爺怪我出手太狠，神劍主要用來防禦，結手印攻擊，他們一共十三隻，有兩隻被我砍傷，其他被我用手印打飛。

「然後呢？」

他們傷不了我，只好逃跑，逃跑前，說會回頭找大王幫忙，改天再來找我。

「還有大王呀……」

同學們聽毛勇吉說到這裡，面面相覷，有人露出狐疑神情，也有人壓根不在意眞假，笑呵呵地鼓掌。「好強好強，毛毛拿到神劍了。」

小蓮倒是聽得入神，聽到一半，雙手便不自覺握成祈禱狀，無聲地替持神劍戰惡鬼的毛勇吉聲援助威。

「那些惡鬼有說什麼時候再來找你？」「他們大王很強嗎？」

毛勇吉回答：「沒說什麼時候來，但是我當然隨時要小心啦。至於他們大王嘛，沒打過，誰知道多強，惹都惹上了，只能走一步算一步了……」

他說到這裡時，又瞥了劉予瑜座位一眼。

劉予瑜早不在座位上，她吃完午餐，去買飲料了。

02 明晚之約

「予瑜，妳眞的不相信他？」

放學返家途中，小蓮和劉予瑜在捷運車廂談論著毛勇吉。

「妳相信他？」劉予瑜露出不可思議的樣子。

「我……我相信呀。」小蓮不懂表姊爲何這樣問。

「我比較好奇，妳爲什麼相信？」

「因爲……因爲這世界本來就有神鬼，不是嗎？」小蓮說：「妳不也相信神鬼？阿姨、姨丈不都是……」

「我相信神鬼沒錯，就像我也相信醫生。」劉予瑜瞪大眼睛說：「妳相信醫生嗎？」

「我相信醫生呀……爲什麼不相信醫生……」

「妳相信醫生、相信醫學，所以路上有個流浪漢，說他醫術超強，從口袋拿一片餅乾出來，說這是藥、說能治百病，要妳買，妳買不買？」

小蓮搖搖頭。

「妳不買，但妳不是相信醫生，相信醫學嗎？」

「可是……」小蓮遲疑半晌，「可是我怎麼知道流浪漢是醫生？要是他騙我怎麼辦？」

「所以說呀！」劉予瑜彈了記手指。「妳相信醫生，不表示流浪漢說自己是醫生就眞的是醫生；我相信神鬼，不表示那個毛毛說自己是通靈人，就眞的是通靈人，什麼太乙祖師爺神劍，中二到有剩喔！」

「妳這麼說，好像也是有道理……」小蓮說：「可是……阿姨跟姨丈不是也會通靈……」

「不不不。」劉予瑜搖搖頭。「我爸爸是神像修復師，媽媽是家庭主婦，他們只是跟神仙有點緣分，不會打鬼，也沒有什麼太乙祖師爺神劍。」她說到這裡，頓了頓，又說：「至於誰有緣分，誰沒緣分，這該怎麼證明呢……這要認眞解釋起來還眞複雜，但是簡單說也行，就四個字——」她拉起小蓮的手，揑握成拳頭，一一扳開手指，說：「眼、見、爲、憑。」

「眼見……爲憑？」小蓮茫然問。

「對呀。」劉予瑜鬆開小蓮的手，說：「妳說他會打鬼，你們見過他打鬼嗎？妳說他帶你們玩碟仙，妳怎麼知道碟子不是他自己推的？」

「他自己推碟子？他幹嘛自己推碟子？」小蓮皺眉問：「這樣做有什麼好處？他又沒跟我們收錢……」

「帥呀、威風啊！妳看妳不就變成死忠粉絲了嗎。如果他是個普通人，沒有那些故事，妳會崇拜他嗎？還會喜歡他嗎？」劉予瑜哼哼說。

「妳亂講！我哪有喜歡他！他……」小蓮瞪大眼睛，一張臉漲得通紅，揮手佯作要打劉予瑜，突然手機響起，連忙接聽。

是毛勇吉打來的。

毛勇吉聲音頗大，小蓮身旁的劉予瑜也聽得一清二楚。

「明天晚上，毛毛探險團開團，來不來？」

「明天晚上……哪邊呀？」小蓮問。

「東風市場。」毛勇吉說：「之前有電視節目介紹過那個地方，幾年前發生大火，燒死很多住戶，今天晚點會重播，妳們沒事可以看一下，做好心理準備。」

「什麼？爲什麼要去那種地方？」小蓮撫著胸口，有些害怕。

「毛毛探險團，不去那種地方，要去哪種地方？」毛勇吉理所當然地說：「今天我說的那些騷擾女鬼的惡鬼，他們的大本營就在那個地方；明天，我要去和那些東西談判，妳們可以一起來——妳約妳表姊一起來，讓她親眼見識我的實力。」

「同學，不是我在講……」劉予瑜湊近小蓮手機，懶洋洋地說：「你喜歡編故事就好好編故事，將來可以當個小說家，不用硬把自己編進故事裡，當通靈人很過癮嗎？你是不是照鏡子找不到其他優點了？」

「妳幹嘛這樣！」小蓮將手機拿遠，埋怨地說：「妳……妳自己說眼見爲憑的……人家要證明，妳又這樣講人家……」

「可能她嫉妒我吧。」毛勇吉的聲音自手機那端傳來。「小蓮，妳說過妳表姊家裡是開神壇的，我猜她也想當通靈人，但是沒有機緣也沒有天命，所以對我這種眞正有實力、帶著天命的通靈人又羨慕又嫉妒，潛意識把我當成敵人、把我想得很糟糕，我不怪她……」

「我覺得……」小蓮手機離耳朵有段距離，依舊能清楚聽到毛勇吉說話，因此知道劉予瑜肯定也聽見了，她望著劉予瑜，對電話那端的毛勇吉說：「我表姊應該不會這樣吧……」

「哼。」劉予瑜又湊上去，冷冷地說：「明天晚上你要約幾點？」

「十點。」毛勇吉的聲音清楚傳來，聲調隱隱透著些許得意自己激將成功。

「好，明天十點，東風市場見。」劉予瑜補充：「我先說好，如果你漏氣，以後不要再讓我聽到什麼『通靈人』、『太乙眞人弟子』之類的廢話喔。」

「當然。」毛勇吉大聲說：「反過來，如果我眞有實力，妳怎麼辦？」

「我怎麼辦？請你喝飲料？請所有人喝飲料、吃大餐？」

「不要。」毛勇吉嘻嘻笑說：「當我女朋友。」

「啊……」劉予瑜睜大眼睛，呆愣幾秒，望向小蓮。

小蓮也是一陣詫異，但隨即露出失望，和幾分怨懟。

03 那個男人

翌日週末傍晚，劉予瑜和小蓮坐在公園，吃著速食店套餐。

劉予瑜腳邊擱著一只寵物後背包，那後背包體積甚大，底部有輪、上方有伸縮手桿，不但能揹，也能夠當成滾輪行李箱拉動。

後背包裡，窩了隻橘貓。

橘貓抱著隻小玩偶，睡得唏哩呼嚕。

「妳有跟姨媽說今天要來我家嗎？」劉予瑜問。

「有……」小蓮點點頭。

兩人有一搭沒一搭地閒聊，小蓮多數時間沉默不語。

氣氛有種說不出的尷尬。

劉予瑜最後再也忍受不了這樣的氣氛，單刀直入說：「要不是為了罩著妳，我根本不想來，不管那個毛毛是輸是贏，我都不會當他女朋友。」

「罩著我？」小蓮困惑說：「為什麼要罩著我？」

「因為我們等會兒要去的地方，是東風市場。」劉予瑜說。

「妳也覺得東風市場有鬼？」

「何止有鬼。」劉予瑜一字一句地說：「那裡鬧得可凶了。」

「妳也有看介紹對不對？」小蓮說到毛勇吉昨天提及的靈異節目，情緒這才熱絡了些。

「我昨天看了，眞的很恐怖耶，現在天都黑了……我們是不是找個人多的地方比較好？」

「我才沒看那個爛節目。」劉予瑜翻了個白眼。「但那個地方我知道，是眞的不要去比較好，但是如果毛毛約妳，妳一定會去，所以我也只好陪妳去，不然……」

「不然？」小蓮見劉予瑜認眞望著她，忍不住問：「會怎麼樣？」

「不然我怕你們會被打。」劉予瑜噗哧一笑。

「被打？」小蓮困惑問：「被誰打？」

「偶爾來我們家喝茶的客人。」

「你們家的客人？他爲什麼要打人？他很凶？」

「凶……有點啦。」劉予瑜呵呵笑地說：「不過也很帥。」

□

晚上九點五十五分。

劉予瑜和小蓮來到傳聞發生過火災、鬼魅作祟的東風市場對街便利商店外，與「毛毛探險團」眾同學會合。

東風市場雖然位在鬧市，鄰近幾條街人潮不少，但市場一樓店面此時大多熄燈關門，對街這頭一排商家也紛紛準備打烊，周圍冷清得有些突兀。

抬頭往上望去，東風市場三、四樓漆黑一片，沒有一扇窗亮著，其中一側牆面漆黑斑駁，一面面帶有裂痕的窗戶內側貼著米字膠帶，像是久無人居。

「大家都到齊了吧。」毛勇吉點著名，今晚毛毛探險團，加上小蓮與劉予瑜，以及毛勇吉本人，五男四女，一共九人。

大夥兒很快發現，九人之中，有八人是同班同學，但跟在毛勇吉身旁那男孩，年紀與眾人相仿，卻不是班上同學。

「這是我死黨。」毛勇吉向毛毛探險團介紹今晚帶來的跟班男孩。「他也是我師弟。」

那被毛勇吉稱作「師弟」的男孩沒搭話，只是害羞地朝眾人笑笑點點頭。

「師弟？」「所以你也是通靈人？」「毛毛那些驅魔手印，你也會嗎？」

其他同學紛紛發問。

「嗯……」師弟無法招架這番連珠砲問話，只能傻笑地瞧著毛勇吉，像是向他求救。

「你們別嚇到人家。」毛勇吉說：「我師弟比較內向，不太會說話，他修行沒有我久，不過也算有天分了……」

「妳好，我叫阿羊。」自稱阿羊的師弟突然看著小蓮這麼說，像是只向她一人自我介紹。

「你好……」小蓮尷尬點頭，隨即發現，阿羊儘管內向羞澀，但兩隻眼睛似乎沒嘴巴那麼怕生，毫不掩飾地盯視著她的胸脯。

她縮了縮身子，覺得有些不自在。

一旁有同學見到劉予瑜背後那寵物背包，發現裡頭的大橘貓，忍不住問：「妳怎麼還帶了一隻貓呀？」

「予瑜說，這隻貓可以保護我們。」小蓮這麼說：「她家的貓……」

「沒有沒有。」劉予瑜打斷小蓮的話，對眾人解釋。「我家今晚沒人在，我怕貓會覺得太孤單，所以才帶著牠。」

「貓還會孤單？」「貓放家裡沒關係吧……」「牠叫什麼名字？」同學們七嘴八舌地問。

「將軍。」劉予瑜微笑說。「這名字很酷吧。」

幾個同學湊近劉予瑜的背包，見到裡頭大橘貓懶洋洋地伏在背包裡打哈欠。「這貓怎麼這麼大隻？」「看起來很凶，摸牠會咬人嗎？」

「會喔。」劉予瑜點頭說：「牠不只會咬人，牠什麼都咬。」

「好啦，可以出發了吧？」一名同學揚起手中大袋零食。「補給品都準備好了。」

「不。」毛勇吉搖搖頭，說：「再等一下，管理員阿伯還沒下來……」

「管理員阿伯？」「這種破樓房還有管理員？」同學們不解地問。

有個同學注意到東風市場正門入口內，擺了張小桌，桌旁有風扇、桌後是藤椅。「裡面桌椅是給管理員坐的？那麼簡陋？」

「我做過功課，東風市場到了晚上，會有管理員下來擋人，外人沒辦法隨便上去……」毛勇吉剛說到這兒，大夥兒遠遠見到，東風市場樓梯口走下一位消瘦老男人，老男人約莫六、七十歲，手裡提著半瓶洋酒和一本書，啪地擺在小桌上，打著哈欠伸懶腰。

「不對吧……」有同學不解地問：「那爲什麼我們不趁剛剛上去，要等管理員下來？這樣不就進不去了？」

「不……」毛勇吉搖搖頭。「那個阿伯下樓的時間不一定，我們剛剛過去，要是在樓梯口碰上，不就被發現了？」他說到這裡，指著東風市場正門，說：「快看快看——他要走了。」

「啊？」同學們一齊望著東風市場，果然見到那老男人做完伸展，走出東風市場，往另個方向走。「他走了？」「他不是管理員嗎？」「他要去哪？」

「快快快，趁現在。」毛勇吉一聲令下，領著眾人走近斑馬線，準備過馬路，一面解釋。「阿伯下樓之後，會先去買個滷味什麼的當宵夜下酒，我們趁這時候進去最安全。」

「哇，眞有你的！」「你連鬼屋管理員什麼時候買滷味都調查得一清二楚。」同學們對毛勇吉豎起大拇指。

「嘿嘿，這算什麼呢。」毛勇吉嘻嘻笑著，回頭看了劉予瑜一眼，想瞧她有沒有像其他人一樣欽佩自己。

劉予瑜揹著寵物背包跟在最末端，低聲和小蓮耳語，瞧也不瞧毛勇吉。

大夥兒奔過馬路，進入東風市場正門，鬼鬼祟祟魚貫上樓。

「大家——」毛勇吉提醒同學們。「這裡一、二樓有住人，三、四樓沒人，大家有話到四樓再說，盡量放慢腳步……」

大夥兒急急走過二樓，登上三樓，見到上方四樓樓梯口閃過個人影，忍不住驚呼一聲。

四樓走下一個男人。

男人穿著貼身背心和牛仔褲、踩著雙拖鞋，上臂和胸口除了刺青外，還有幾條奇異傷疤。

男人雙腿發顫，一跛一跛地下樓，與毛勇吉一行人擦身而過。

劉予瑜與男人四目交會，臉上一紅，撇過頭去，但在男人走過身邊後，又回頭喊他：「韓大哥！」

男人停下腳步，回頭望著劉予瑜。「怎樣？」

「你受傷了？」劉予瑜這麼問。

「很稀奇嗎？」男人語氣冷漠。

「不……」劉予瑜問：「你要出門？」

「睡到剛剛，還沒吃晚餐，很餓啊。」男人不耐地抓抓頭。

「你有……」劉予瑜怯怯地問：「接到我媽的電話嗎？」

「有啊。」男人點點頭，伸長脖子，探頭望了望走在最前頭的毛勇吉，瞪了他一眼，對劉予瑜說：「我買完東西就回來。」男人說完，轉身下樓。

「喔……」劉予瑜點點頭，呆然望著男人離去身影。

「那……那是誰呀？」大夥兒見他走遠，這才細碎交談起來。「不是說上面沒住人嗎？」

「他就是，妳剛剛說的……」小蓮晃了晃劉予瑜胳臂。

劉予瑜笑著點點頭，頰上還留著淡淡緋紅。

04 眼見爲憑

東風市場四樓廊道斑駁漆黑，幾束手電筒光芒四處亂掃。

「這裡三、四樓本來沒人住沒錯。」劉予瑜拖著裝有大橘貓的外出背包，走在眾人身後，淡淡地說：「剛剛那個人是前兩個月搬進來的。」

「妳怎麼認識他呀？」「妳連他什麼時候搬進來也知道？」「他有刺青，是流氓嗎？」同學們嘰嘰喳喳地問。

有個女同學忍不住說：「長得挺帥耶，怎麼像流浪漢一樣，住在這種地方？」

「他偶爾會來我家泡茶，算是我家客人。」劉予瑜說：「他不是因爲沒錢才住在這裡的，他是有任務在身……雖然應該也不有錢就是了……」

「任務？」「什麼任務要住在這種地方？」

「是他的天命。」劉予瑜這麼說。「很沉重、很沉重的工作。」

「哇塞，又是天命！」「跟毛毛的天命一樣嗎？」同學們嘻嘻哈哈起鬨。

有個同學問：「劉予瑜，小蓮說妳家開神壇、妳爸爸媽媽都是通靈人，所以剛剛那個……上妳家喝茶的人，也是通靈人？」

「我家不是開神壇的，我爸幫人修補神像，我媽媽……嗯，是可以和神鬼溝通啦，我也不曉得這樣算不算是通靈人……」劉予瑜苦笑說：「至於剛剛那位韓大哥，他應該算是貨眞價實的通靈人吧。」

「嘩！他眞是通靈人啊？」同學們追問：「等等，劉予瑜，妳明明相信神鬼跟通靈呀，那怎麼偏偏不相信我們毛毛？」

「這個問題，我昨天回答過小蓮。」劉予瑜哼哼笑地說：「要我簡單再講一次也行——眼見爲憑。」她頓了頓，補充說：「剛剛那位大哥的事蹟，我不但聽過，也親眼見過，我還被他救過。」她說到這兒，望向前頭的毛勇吉等人，問：「至於毛毛嘛，他說他有太乙眞人神劍，誰見過了？」

「我見過。」幾個同學立時舉手，包括小蓮也說：「他給我們看過照片。」

「我是說——」劉予瑜一字一字地說：「親眼看見他拿著太乙眞人神劍砍鬼。」

同學們你看看我，我看看你，這次沒人舉手了。

「不用那麼急。」毛勇吉拍了拍背包。「等等妳會看見的。」

大夥兒盯向毛勇吉背後那背包，興奮地說：「哇，你把神劍帶來了？」「等等！爲什麼帶神劍？今天要開打嗎？不是說只有談判？」

「如果談不來，只能開打了啊。」毛勇吉這麼說，說：「別擔心，待會兒我會畫金剛結界，你們只要待在結界裡別出來，就不會有事。」

劉予瑜翻了個白眼沒有接話，拖著大橘貓，隨眾人往四樓廊道繼續深入，來到廊道盡頭。

廊道盡頭牆面有扇小窗，能夠見到對街。

右側那戶連門都沒有，室內除了一片焦黑之外，空蕩蕩的什麼也沒有。

左側那戶同樣無門，能夠直接看見室內。

大夥兒站在門外，往裡頭瞧，只見屋內牆壁和外頭廊道一樣，焦黑一片，甚至更黑更焦。

一張床就擺在客廳正中，地上散布著食物包裝，角落堆著幾包垃圾，十足的流浪漢居所。

「這裡……就是那個通靈人住的地方？」有個同學忍不住想踏入瞧個仔細，被劉予瑜高聲喊住。

「雖然看起來很破爛——」劉予瑜嚴肅說：「不過這間屋，是他付租金租下來的，別隨便進人家家……」

「什麼？」同學們不敢置信。「連門都沒有的房子，還要收租金？」

毛勇吉指指對門那漆黑空房。「這間不是他租的了吧？」

劉予瑜聳聳肩，沒意見。

□

即便點了蠟燭，房中依舊漆黑一片——不是陰暗的黑，是整片焦黑。

四壁、地板、天花板，全焦黑一片。

當年那場大火距今已好多年，但遺留下來的焦黑，卻沒有隨著時間褪去。

那場大火的因由據說來自感情糾紛，凶手是個外地痞子，受害者是這整層樓十餘戶人家數十條命。

而起火點則是——

劉予瑜指著門外對門那男人家，說：「就是那一間。」

「什麼……」兩個女同學終於露出害怕神情，緊貼在一塊兒，隨著劉予瑜的手指，望著男人租屋客廳——同樣無門的兩戶住宅，自然能從這戶客廳，看見另一戶客廳。

「而且就在客廳。」劉予瑜加重語氣，望著幾個同學，沉聲問：「你們知道爲什麼他會把床鋪擺在客廳嗎？」

同學們搖搖頭。

「他床鋪的位置，本來是沙發，就是當時那個凶手點火的地方，女屋主當場就被燒死了，後來那一戶，也是鬧鬼鬧最凶的一戶……」劉予瑜說：「韓大哥搬進東風市場，每晚睡在火災起火點位置，就是爲了鎮住這整層樓的怨靈。」

「這……這麼誇張……」同學們面面相覷，不約而同轉頭望向毛勇吉，想聽聽他的意見。

「是喔，呵呵……」毛勇吉只是乾笑兩聲，和師弟阿羊繼續忙著布置，他們在整間房中插滿蠟燭、點燃，擺設祭品紙錢，還用香灰撒出一個有點歪斜的圓圈，是毛勇吉口中那只要待在其中，便百鬼不侵的「金剛結界」。

劉予瑜則有一句沒一句地對同學講述這東風市場大火由來，以及那位男租客的來歷。她說，那男人有段漫長而悲傷的故事。

他曾鑄下大錯，如今扛著罪孽，長年累月用血和傷償債。

「有沒有這麼誇張呀……」同學們對劉予瑜的說詞感到不可思議，但今夜聚集在這個地方的幾人本來就愛聽故事，且特別愛鬼故事，劉予瑜的故事符合大家胃口，便也無心深究眞假。

事實上，他們也從未深究過毛勇吉故事的眞假。

「看得出來妳對這個地方，做過不少功課……」毛勇吉腰後斜懸著一柄五十餘公分的帶鞘寶劍，在客廳中央鋪開幾張報紙，招呼大夥兒坐成一圈，在眾人圈圈中攤開一張寫滿字的大方紙，大方紙中央倒扣著一只小瓷碟。

小瓷碟盤緣還畫了個紅色三角指標。

「在正式開始之前，我得跟大家說一下事情的來龍去脈。」毛勇吉清了清喉嚨，說：「就是來找我的那個女鬼……」

「呃？你不是說過了？」同學們怕毛勇吉話匣子一開又要講二十分鐘前情提要，便主動替他濃縮簡述：「你上次說女鬼被你打跑，惹到惡鬼向你求救，你替她打跑惡鬼，後來又跟惡鬼約好來這裡談判？」

「對。」毛勇吉點點頭。「那些惡鬼的大王，就在這個地方，東風市場。」

「……」同學們互望幾眼，發覺幾段故事有些矛盾。他們其中一個開口問。「怎麼……覺得你們兩個人講的故事，風格不太一樣耶……」

另一個附和說：「對呀，所以……東風市場那些火災燒死的人，變成惡鬼，還有一個大王帶著，一起欺負女鬼？然後約毛毛過來談判？」

第三個發問的同學看看劉予瑜，指向對門起火點房間，直問：「妳不是說這裡有那個贖罪的男人鎮著嗎？所以……他跟這裡的鬼王，誰比較厲害呀？」

「假故事跟眞故事不要混在一起講。」劉予瑜打了個哈欠。

「問題是，哪個是假故事，哪個是眞故事……」同學們你看看我，我看看你。「我們怎麼知道？」「劉予瑜妳一直嗆毛毛造假，可是……妳有證據嗎？」「對呀，妳說那個男人才是通靈人，又怎麼證明呢？」

「是不是瞎掰，很快就有答案。」毛勇吉左手結了個手印，喃喃唸起咒語，然後將右手手指放上小瓷碟碟底，望著劉予瑜。「妳說的，眼見爲憑。」

「對。」劉予瑜點點頭，立時伸手按上小瓷碟碟底另一側。「眼見爲憑。」

大夥兒見最反對毛勇吉的劉予瑜都伸手了，也紛紛伸手按上瓷碟碟底。

「我先說好，大家手指別出力。」毛勇吉這麼叮囑眾人。「同時，手指一按上，千萬別放手，不然會出事。」

劉予瑜冷笑說：「你神劍都帶了，金剛圈畫好了，不就等著出事嗎？」

「好了啦，要開始了啦！」有個女同學像是受夠了劉予瑜冷嘲熱諷。「妳這麼鐵齒，要是眞的出事，害到大家怎麼辦？」

女同學剛說完，碟子突然動了。

幾個同學們紛紛張口想叫，卻憋著不敢出聲，大夥兒都看過恐怖電影，知道玩碟仙千萬不能激動，第一個鬆手或是胡言亂語的人，通常死得最快。

「放心。」劉予瑜微笑望著那個埋怨她的女同學，說：「我一點都不鐵齒，我也是做好準備才來的。」

她剛說完，一個毛茸茸身影擠上她盤坐腿間，是那隻大橘貓，不知什麼時候從寵物背包裡溜了出來，翻著肚子躺在劉予瑜腿上舔起爪子。

「唔！」「貓怎麼跑出來了？」「這樣會不會有事？」同學們驚恐望著劉予瑜，但又不能要她放手將貓抱離。

「咳咳——」毛勇吉想穩住大局，第一個開口發問。「碟仙碟仙，打擾了，我有問題請教你：請問，你是這裡的王嗎？」

碟子轉勢稍稍加快，跟著緩下，停止。

碟子上的指標指著「是」這個字。

「碟仙碟仙，第二個問題，你聽過這個名字嗎，她叫——」毛勇吉講了一個名字，同學中有些人記得，有些人忘了，那是毛勇吉故事中女鬼的名字。

小碟在方紙上繞了一圈，又停在「是」這個字上。

「她得罪你了？」

是

「你能夠放過她嗎？」

不

「我代表太乙眞人前來和你談判，請你原諒她、放過她，好嗎？」

不

「我辦儀式、燒金銀財寶、擺祭品、超渡大家，這樣你願意消氣嗎？」

不

「我……」毛勇吉一連幾個問題，都被「鬼王」否決，他正要繼續問，卻聽見一聲貓叫。

大橘貓在劉予瑜腿上伸了個懶腰，下來，踏上方紙，隨意蹓躂。

「東風市場……群鬼之王……聽好……」毛勇吉盯著大橘貓，有些受到干擾，但立刻鎮定下來，對他口中的惡鬼大王說：「太乙真人派我來解決紛爭，我希望和平解決，如果你不願意接受，那我只好來硬的了，這樣好嗎？」

小瓷碟順時鐘緩緩繞圈。

大橘貓跨過眾人胳臂，在方紙上逆時鐘散步，突然停下抬腳搔臉。

眾人按著小瓷碟，再繞一圈，眼見就要撞上抬腿搔癢的大橘貓。

幾個同學不停使眼色要劉予瑜驅趕大橘貓。

劉予瑜笑得合不攏嘴。

小瓷碟在大橘貓身前停下，指標指著一個字——

騙

阿羊哎喲一聲，鬆手向後一彈，仰倒在地，身子激烈顫抖起來。

「鬼大王生氣了，大家快退進金剛圈裡。」毛勇吉吆喝一聲，自地上彈蹦而起，飛快結起手印，跨上阿羊腰際，用手印按著他額頭，大喊：「孽障，敢上我師弟身，快給我出來——」

「哇！鬼上身了！」同學們驚駭之餘，一個個擠進毛勇吉和阿羊事先畫好的金剛圈裡，目不轉睛地看著毛勇吉替阿羊驅邪。

「予瑜！」小蓮見劉予瑜沒隨眾人躲進金剛圈，而是隨意蹓躂，連忙喊她：「快躲進來。」

「等等喔。」劉予瑜慢條斯理走到她寵物背包旁，蹲下取出一只罐頭，揭開倒在小餐盤上，遞給跟在她身旁的大橘貓，自己也揭開一包洋芋片，喀啦啦地陪大橘貓一塊兒吃。

「臨、兵、鬥、者、皆、陣、列、在、前——」毛勇吉跨在躺地阿羊腰間，一面大喝，飛快結出九字護身印，往阿羊額上一指。「退魔！」

眾人驚叫一聲，見到毛勇吉指尖陡然一亮，跟著阿羊哇哈一聲，吐出一口古怪青汁。

「小子……你究竟……何方神聖？」阿羊神情猙獰，沙啞開口說話。「爲何……與我……作對？」

阿羊這話一開口，四周突然發出一陣風切鬼嘯聲，像極了恐怖電影裡的特殊音效，嚇得金剛圈裡的同學們驚叫連連。

劉予瑜拎著半包洋芋片，領著大橘貓，終於走進金剛圈，將半包洋芋片遞向同學，卻沒人伸手來接，大夥兒全嚇壞了。

「我乃——」毛勇吉雙手結印，指著阿羊眉心。「乘九獅仙御、散百寶祥光，太乙救苦天尊座下首席大弟子，毛、勇、吉是也！」他一面說，一面變化手印，在阿羊額上、臉頰、胸前飛快比劃起來。「今天我受太乙眞人之命，前來排解仇恨，誰知道你這鬼王，敬酒不吃吃罰酒，那我只好先禮後兵了！喝——」

「呵呵。」劉予瑜翻了個白眼。「從哪部電影抄來的詞？這不是老頭子才會說的話嗎？」大橘貓打了好大一個哈欠，抬腳扒癢。

「哇——」阿羊哀嚎起來，胸口上下起伏，嘔出更多青汁，身子激烈顫抖，四周風嘯鬼吼聲更加劇烈。

「吵什麼吵我操！」一聲男人怒吼自外響起，剛剛那下樓買晚餐的男人回來了，他提著炸醬麵、黑白切和一手啤酒走回自家，大剌剌拉了張桌子在床沿坐下，惡狠狠地瞪著這頭僵持對抗中的毛勇吉和阿羊。

「呃……」金剛圈內的同學們，見著那男人罵完之後便大口吃起麵，還開啤酒喝，一時都不知該說些什麼。

「歐耶。」劉予瑜拍拍手，說：「不愧是韓大哥，一開口連鬼片音效都停下來了。」

劉予瑜說完，同學們這才注意到，剛剛響亮刺耳的風聲鬼聲，在那男人怒罵之後，竟無端端安靜了。

嘶嘶——噫呀——

劉予瑜剛說完，那鬼怪音效又響了幾聲，但音量只有先前一半，似乎收斂許多。

劉予瑜轉頭，微笑盯著身旁一個同學，視線轉移到他捧在手中的手機螢幕。

同學心虛地將手機收進口袋。

「孽障！」毛勇吉向後一跳，拔出懸在腰後的太乙眞人神劍，右手挺劍直指阿羊，左手舞弄結印，不時閃動光芒，還噗嗤嗤地冒起煙霧。

阿羊則像是電影裡的喪屍般張揚著雙手，噫噫啊啊地走向毛勇吉。

「窣窣、窣窣窣——」男人拎著那袋炸醬麵和啤酒，踩著拖鞋走出自家，來到毛勇吉作法這屋外，倚著門看戲配麵，發出響亮吸麵聲。「窣窣窣——」

「……」毛勇吉被男人惡狠狠的視線瞧得有些不安，後退兩步，神劍舞了個劍花，手印一結，朝走來的阿羊一指。「退——」

一罐啤酒磅的一聲，重重砸在毛勇吉腳邊，嚇得他身子一抖，落了個東西在地上。

那東西猶自閃閃發亮。

「呃！」毛勇吉連忙蹲下身要撿，卻被大橘貓搶先一步叼走了。

大橘貓將那東西叼進金剛圈，劉予瑜伸手接過，是只硬幣大小、有按鈕和LED燈的小裝置。她邊模仿毛勇吉結手印，邊向同學展示那小裝置，變化手印同時按著按鈕，讓小裝置閃閃發亮，笑著說：「這就是你說的……眼見爲憑？」

有同學們啊呀一聲，對著毛勇吉說：「毛毛，這什麼意思……」

毛勇吉一時不知如何解釋，挺著神劍僵在原地。

噫噫——呀呀——

鬼叫聲再次響起，又戛然而止——

劉予瑜抓住身旁那同學手腕，那同學手機螢幕上，顯示著一個古怪ＡＰＰ。

那同學抽回手，再次把手機收回口袋。

吃麵男人走進屋內，來到一處擺放祭品處，將幾疊金紙一腳踢翻，彎下腰，拾起一個小東西，在手上拋了幾下。

「喂。」劉予瑜望著那名藏起手機的同學，微笑著說：「把手機拿出來給大家看，鬼叫聲是怎麼來的。」

「怎……怎麼……什麼鬼叫聲？」那同學見同學們都看向他，心虛地連連搖頭。「我不知道妳說什麼……」他還沒說完，被另個同學從口袋掏出手機檢視。

螢幕中那粗糙ＡＰＰ上顯示著幾個按鈕，搶過手機的同學依序按下——

嘶嘶——噫噫呀呀——

風聲和鬼叫淒厲響起。

嘎嘎——喵嗚——

連烏鴉和貓叫聲都有。

「還有誰和大騙子毛毛一夥的，自己承認吧。」劉予瑜望著其他同學，其他同學們立時搖頭否認。

「所以……」小蓮失望地看著毛勇吉。「毛毛，你……在騙我們？」

「不、不不……」毛勇吉連連搖頭，正想解釋什麼，見到男人拋下吃空的麵袋朝他走來，嚇得連連後退，被男人一把揪住領口，無法再退。

男人用舌頭剔著牙，揪著毛勇吉領口，拍拍他的臉，盯著毛勇吉手上那把神劍，正想說些什麼，一旁的阿羊張揚著手繼續擺出凶惡表情，歪著腦袋噫噫呀呀地湊近。

「操，你還演！」男人一聲暴喝：「給我立正站好——」

阿羊身子一抖，雙手立時放下，表情恢復正常，乖乖立正，嘴角還淌下一道青汁——那青汁是趁鬼片音效響起、觀戰同學分心時含進嘴裡的色素膠囊。

「太乙眞人首席大弟子是吧……那我豈不是要叫你大師伯了？」男人搶過毛勇吉那把太乙眞人神劍，一手抓著劍柄，一手抓著未開鋒的劍刃，出力彎折，將那神劍凹折得如同小黑髮夾般，劍尖劍柄貼到了同一端，才遞還給毛勇吉。

「師……師伯？」毛勇吉捧著被對折的神劍，一時欲哭無淚，顫抖著不知該說些什麼，也不明白爲何男人會說出「師伯」兩個字。

「你今年幾歲？成年沒？」男人搭著毛勇吉肩頭，捏著拳頭輕搥他胸口，突然揚起手，指著自己家，對阿羊說：「喂！你！拿罐啤酒給我。」

「是！」阿羊立刻恭恭敬敬地奔去男人家，從桌上捧起一罐啤酒，急急奔回來遞給他。

「打開啊。」男人瞪著阿羊。

「是！」阿羊啪嚓打開手中那罐經他跑步搖晃的啤酒，被濺出的啤酒泡沫噴了一臉。

男人接過啤酒，大飲一口，朝毛勇吉呼了口酒氣。「我問你話，你沒聽到？」

「我十七歲……」毛勇吉哆嗦地說。

「哦，十七呀……」男人呵呵一笑。「恭喜。」

「恭……恭喜？」毛勇吉不明白這兩個字的意思。

「恭喜你今天不用皮肉痛。」男人冷笑說：「我的工作之一，就是揍你們這種裝神弄鬼的傢伙，我揍歪他們下巴、踹斷他們肋骨、扳斷他們手指，一個個不是骨折、吐血，就是尿失禁。」他說到這裡，感到毛勇吉身子顫抖得更厲害了，便呵呵一笑，說：「不過你毛還沒長齊，我不打小孩子，你放心……」

「是……」毛勇吉點點頭，聲音中有些哽咽。

男人突然望向劉予瑜，問：「幾點了？」

「十點五十七分。」劉予瑜看看手機。「韓大哥，就快子時了。」

「嗯。」男人點點頭，鬆開毛勇吉肩頭，對眾人說：「時間差不多了，把這裡收拾乾淨，滾回家睡覺。」

「……」眾人你看看我，我看看你，怎麼也沒想到，今晚探險竟是這般結局。

大夥兒垮著臉收拾滿屋蠟燭、紙錢和零食，不時埋怨毛勇吉，也斥罵那負責製造音效的同學，那同學被罵了幾句不服氣，低聲抱怨自己只是開開玩笑而已。

下一刻，眾人漸漸覺得有點不對勁。

四周變得好熱，空氣中帶著火灼焦味。

「怎麼回事？」「失火了？」「好熱喔……」

大夥兒慌亂起來，跟著是一聲尖叫，一個女同學見到剛剛召喚碟仙方紙上那小瓷碟，沒有人碰，自個兒激烈動了起來。

「安靜！」男人走來，一腳踩在那小瓷碟上，從口袋掏出一張小圓片，那是古早時期的童玩——尪仔標。

男人單膝蹲下，捏著尪仔標，握拳在地板敲了敲。

「別那麼急，晚幾分鐘發作，讓這些鳥蛋把這裡打掃乾淨啊……」

大夥兒見到男人握著尪仔標的拳頭指縫裡，溢出絲絲縷縷的艷紅火光。

男人抬起頭，催促眾人。「動作快點呀，想死是不是？你們以爲自己在什麼地方？這裡是東風市場——」

「快點快點！」劉予瑜幫忙催促著眾人，將蠟燭、紙錢、零食，以及毛勇吉和阿羊藏在四周的微型藍芽揚聲器，連同男人扔在地上的啤酒罐，一併胡亂塞進各人背包裡，準備離去。

「現在怎……怎麼回事？」大夥兒走出房，只見廊道煙霧迷濛，古怪的哭嚎聲隱隱響起——比起剛剛的罐頭音效，此時的哭聲真實許多——真實到像是跳過了耳朵，直接在腦袋嗚響起般。

大夥兒見到男人家中客廳那張突兀雙人床上，漸漸透出焦黑，焦黑爬了滿床。

焦黑之中，站起一個女人身影。

女人懷中抱著一個嬰孩，痛苦哭嚎著。

「操！」男人暴喝一聲，來到家門口，纏著火光的右手猛地一甩，一道紅火倏地鞭去，在女人腳邊重重一鞭。「說過多少次，不要弄髒我的床！」

女人呀的一聲，滾下床，抱著嬰孩瑟縮在床邊哀哭。

「好了好了……」劉予瑜領著大橘貓，走過眾人身邊，帶領眾人下樓。「走了，回家了。」包括毛勇吉、阿羊等造假通靈人在內的同學們，大氣也不敢喘一聲，跟在劉予瑜身後，往樓梯口走。

四周煙霧迷濛、視線不清、空氣燥熱、哭聲嚇人，大夥兒身子貼著身子，走得極慢，他們感到身旁不停有東西竄過，有大人、有小孩。

「他們都是當年東風市場大火的受災戶。」劉予瑜走在前頭，說：「成了地縛靈，每到晚上子時，也就是十一點，就會騷動嚇人。韓大哥領了籤令，過來安撫這些受災亡靈，偶爾也會有些不長眼的小鬼，跑進來探險，激怒這些亡靈……今天要是我沒帶將軍一起來，又沒有大哥盯著，你們會很慘很慘……」

毛勇吉身子哆嗦著，緊緊拉著小蓮胳臂，跟在劉予瑜身後，腦袋一片空白，一個小孩身影從他腿邊竄過，嚇得他尖叫一聲，腿軟差點摔倒，還是小蓮拉住了他。

「吼——」一聲嚇人虎吼在眾人身前響起，瀰漫煙霧消散一些，鬼影也不再貼著人竄，而是退遠了些，在一戶戶人家屋裡穿梭、哭嚎。

大夥兒見到那大橘貓像是領路般走在劉予瑜前方，威風凜凜地搖著尾巴。大橘貓一爪爪踏在焦黑地上，周身地板會隱約浮現一枚枚巨大爪印，瑩亮數秒之後才黯淡消退。

那是虎爪印子。

「喂！劉家小妹！」男人的喊聲自後頭響起。「管好妳那隻怪獸，他爪子沒有分寸，這些傢伙都是可憐人，不是壞鬼……」

「韓大哥，我知道。」劉予瑜轉頭對男人說：「我媽媽吩咐過將軍了，他知道怎麼做。」她這麼說，轉頭繼續指揮大橘貓，領著眾人往樓梯口方向走，一面對身後同學說：「我說的『眼見爲憑』，不是搞機關、耍小聰明、套招變魔術……是你們一看到，就知道這東西沒有造假空間，不服都不行，這才叫『眼見爲憑』。」她說到這裡，向後指了指。「爲什麼我相信韓大哥，不相信毛毛，你們自己比較一下，就知道了。」

包括毛勇吉在內，所有人都轉頭望向那個在後頭壓陣的「韓大哥」。

男人左手捏著啤酒罐，右手裹著火，像是馴獸師左右甩動紅火，阻止一些較爲狂暴的鬼影逼近毛毛探險團成員。

大夥兒終於來到樓梯口，往下走。

三樓猶自有些煙霧，但鬼影減少許多。

二樓以下，僅隱約聽到一些異聲。

他們來到一樓，急急往大廳外走。

「哼哼，吃到苦頭啦……」那管理員老伯瞇著眼睛，對著嚇傻了的一群人，說：「下次別來搗蛋啦！阿杰每晚光是送你們這些王八羔子下樓都飽啦！你奶奶的！」

大夥兒步出東風市場，被夜風一吹，紛紛打起冷顫，剛剛那驅之不去的火灼燥熱終於消失，像是大夢初醒、恍如隔世。

「剛剛……到底發生了什麼事？」不知哪個同學發問。

「發生了很多事……」另個同學這麼回答。

「好了，回家睡覺吧。」劉予瑜打了個哈欠，對眾人揮揮手。「以後聰明點，別傻乎乎地別人說什麼就信什麼。」她走出幾步，回頭，見到毛勇吉還傻愣愣地站在原地，手裡還提著他那對折神劍，便笑著對他說：「別忘記你答應過的事，明天開始，別再說自己是什麼太乙眞人弟子了，你眞的會被揍扁！」她說到這裡，頓了頓，忍不住又說：「還有，你想要當我男朋友，至少要有韓大哥十分之一帥氣，好好努力吧！笨蛋！」

她說完，挽著哭笑不得的小蓮胳臂，往捷運站方向走去。

小蓮似乎也不再留戀毛勇吉，反而像個迷妹一樣，嘰嘰喳喳地向劉予瑜問起更多關於那男人的事。

劉予瑜也不吝和她分享。

男人有太多太多故事可以講。

每一篇、每一則，都比毛勇吉那些中二故事有趣太多，太多太多。

《鬼怨火　詭語怪談6》完

後記

一、

「上身」和「鬼怨火」兩篇故事，是我許多年前出版過的口袋書鬼故事，和〈恐怖競賽〉、〈守護靈〉、〈寫鬼〉一樣，修訂後重新收錄進「詭語怪談」系列裡。

「詭語怪談」這書系自由奔放、隨心所欲，太有趣了。

看著故事裡某些特別突出的角色像是方先生、史秋等持續成長，進而發展出屬於自己的系列故事；以及子系列例如「符紙婆婆」漸漸發展出自成一格的世界觀和悲歡離合，也聚集到一票專屬支持者。

實在相當有趣，也相當有成就感。

沒有意外的話，「詭語怪談」這個系列，我會長久經營下去，讓它成爲不輸給我其他大長篇的一支書系。

二、

滿久之前我就打算寫些劉媽女兒（或是兒子）與橘貓將軍的小故事。

其中一個故事題材，就是修理滿坑滿谷的假通靈人。

請注意，不是通靈人都該被修理，而是「假」通靈人應該被修理。

很多人會覺得神鬼之事非你我可以論斷眞假。

大錯特錯。

我完全無法認同這種鄉愿想法。

看看社會新聞，每年這麼多神棍斂財騙色、甚至是害人性命的悲劇；那些騙人的神棍爲什麼可以這樣肆無忌憚地說謊？他們那成堆狗屎謊話，沒一句經得起紮實驗證，一字一句，都像是騙三歲小孩的廢話。

但是在「信者恆信」、「不准質疑」這些「神棍專用保護傘」底下，卻可以說得理直氣壯、騙得理所當然。

你若身爲父母，你必定會教導你的孩子，別輕信路邊的叔叔說要帶你去玩、賞你糖吃；同樣的道理，若眞有神，神當然會希望人們能夠分辨是非、明察眞僞，而不是隨便來隻瘪三自稱是神，你就乖乖下跪了。

你不喜歡有人冒你的名騙女生內褲。

神當然也不喜歡騙子假祂之名欺詐世人。

當眞敬神愛神，就要像韓杰一樣痛扁神棍。

或者，至少睜大眼睛，別輕易被神棍拐騙，進而變成幫凶，眼睜睜看著騙子強姦神的名譽還幫忙推屁股，還自以爲虔誠。

那麼問題來了，究竟該怎麼分辨眞僞呢？

這個題目認眞講起來，洋洋灑灑可以寫篇論文，但基本中的基本、幼幼班等的入門法則，仍是那四個字——

眼見爲憑。

2019.08.30 於新北中和南勢角自宅

星子

國家圖書館出版品預行編目資料

鬼怨火／ 星子 著.——初版.——
臺北市：蓋亞文化，2019.10
面； 公分.——（星子故事書房；TS016）（詭語怪談系列）
ISBN 978-986-319-450-7（平裝）

863.57 108016368

星子故事書房TS016

鬼怨火

詭語怪談系列

作　　者 星子（teensy）
封面裝幀 莊謹銘
責任編輯 盧琬萱
總 編 輯 沈育如
發 行 人 陳常智
出 版 社 蓋亞文化有限公司
地址：台北市103大同區承德路二段75巷35號1樓
電話：02-2558-5438　傳真：02-2558-5439
電子信箱：gaea@gaeabooks.com.tw
投稿信箱：editor@gaeabooks.com.tw
郵撥帳號 19769541　戶名：蓋亞文化有限公司
法律顧問 宇達經貿法律事務所
總 經 銷 聯合發行股份有限公司
地址：新北市新店區寶橋路二三五巷六弄六號二樓
電話：02-2917-8022　傳真：02-2915-6275
港澳地區 一代匯集
地址：九龍旺角塘尾道64號龍駒企業大廈10樓B&D室
電話：+852-2783-8102　傳真：+852-2396-0050
初版一刷 2019年10月
定　　價 新台幣 240 元
Published and printed in Taiwan

ISBN 978-986-319-450-7

Gaea

GAEA